Der kleine Mord zwischendurch

Der kleine Mord zwischendurch

52 üble Kurzkrimis
geplant und ausgeführt von
Ingrid Noll
Petra Hammesfahr
Peter Zeindler
Barbara von Bellingen
Roger Graf
Conny Lens
D. B. Blettenberg
Ulrich Knellwolf
u. a.

Herausgegeben
von Manuela Kessler

Scherz

Inhalt

Das Überraschungsei

von Uta Rotermund

Lesen Sie gern? Also, ich lese furchtbar gern. Nicht nur, weil es das Gedächtnis trainiert. Ich habe ein phantastisches Gedächtnis. Mein Mann hat immer gesagt, ich sei ein Überraschungsei, was in mir alles so drinstecke! Mit mir könne man sich doch glatt den 24bändigen Brockhaus sparen.

Also, das mit dem Ei, das war mir immer etwas unangenehm. Ich meine, es stimmt schon, ich bin nicht sehr groß und auch etwas rundlich untenrum. Aber trotzdem war es mir immer etwas unangenehm. Obwohl er das ja als Lob gemeint hat, wie das mit dem Brockhaus auch.

Dabei kann ich ja gar nichts dafür. Ich habe eben ein fotografisches Gedächtnis. Das war schon in der Schule so. Einmal ein Gedicht angesehen, klick, und schon war's drin. Vielleicht hat mich das Fotografieren auch deshalb immer so interessiert. Wegen der Selbsterfahrung, wie das heute, glaube ich, heißt. Ich hätte es einfach schrecklich gern mal ausprobiert. Aber mein Mann hat gesagt, er liebe mich so, wie ich bin, und das Fotografieren, das bräuchte ich seinetwegen nicht zu lernen. Er mache die Fotos für uns beide.

Direkt fotografieren konnte ich also nicht. Aber ich hab' trotzdem alles gelesen, was ich über Fotografie finden konnte. «Fotochemie und Umweltschutz» hat mir dabei am besten gefallen. Mein Mann war ja sehr für Umweltschutz. Schon morgens um halb vier war er dafür. Da sind wir im Sommer dann immer rausgefahren in die unberührte Natur, wegen der Studien, die man da so machen kann, und auch wegen der großartigen Motive. Wissen Sie, er war richtig mit Leidenschaft dabei, mein Mann . . . Also, ich meine beim Fotografieren. Und dabei immer so genau in allem. «Präzision und Originalität enden nicht an der Tür zur Dunkelkammer!» hat er immer gesagt.

Und damit ich seine Leidenschaft auch besser teilen konnte, haben wir mir dann ein Qualitätsfahrrad geschenkt, weil ich seine Stative und die Ausrüstung so auch viel besser transportieren konnte. 1700 Mark hat das Rad gekostet. So teuer wäre der Sprachkurs in der Toskana auch gewesen. Für den hatte ich das Geld eigentlich gespart. Aber mein Mann hat gesagt, Italienisch könne ich in Island doch nun wirklich nicht gebrauchen. Nach Island sind wir immer in Urlaub gefahren, obwohl ich eigentlich mehr für den Süden bin. Aber mein Mann hat immer gesagt, zuviel Sonne verweichliche den Menschen. Aus diesem Grund haben wir auch bei offenem Fenster geschlafen, weil die Kälte einen doch abhärtet. Ich fand das weniger schön, aber mein Mann hat immer gesagt: «Was uns nicht umbringt, macht uns härter!» und «Mit den Hühnern zu Bette, mit dem Hahn um die Wette!» Weil das nämlich jung und gesund hält. Um 22 Uhr war dann auch Zapfenstreich, obwohl ich ja eigentlich eher eine Nachteule bin. Aber das späte Lesen hätte mir ja sowieso nur die Augen verdorben. Ja, und zum Einschlafen gab's dann immer heiße Milch mit Honig. 25 Jahre lang jeden Abend heiße Milch mit Honig! Schon als Kind hab' ich mich immer vor dieser fiesen Haut geekelt, aber mein Mann hat wegen unserer Gesundheit darauf bestanden. Heute bin ich ihm dankbar dafür. Meist lernt man einen Menschen ja erst nach seinem Tod wirklich schätzen. Heiße Milch ist wirklich der ideale Schlummertrunk, vor allem mit Hydrochinon.

Oh, Entschuldigung! Das hab' ich aus dem Buch «Fotochemie und Umweltschutz». Erinnern Sie sich, das war das Buch, das mir so gut gefallen hat. Also, Hydrochinon oder Para-Dioxybenzol ist eine häufig gebrauchte Entwicklersubstanz, vorwiegend für Positiventwickler. Sie arbeitet kontrastreich. Hydrochinon ist ein Phenolderivat von hoher Toxizität. Die Dosis letalis, also die mit 99prozentiger Wahrscheinlichkeit zum Tode führende Dosis, beträgt drei Gramm. Na?! Ich hab' doch gesagt, ich hab' ein fotografisches Gedächtnis.

Mein Mann hatte schon recht. Präzision und Originalität enden nicht an der Tür zur Dunkelkammer. Ich habe zur Sicherheit fünf Gramm für ihn genommen. Ich bin eben ein Überraschungsei.

Hackfleisch

von Kai Meyer

Als es an der Tür klingelte, stellte Lisa den Backofen ab. Der Duft frischer Lasagne folgte ihr durchs Haus.

Draußen stand eine junge Frau, Mitte 20. Ein blonder Hochglanzengel.

Lisa erkannte sie auf Anhieb. Die Fotos des Detektivs tanzten plötzlich durch ihren Kopf. Die Fotos, auf denen Trevor, ihr Mann, gemeinsam mit diesem Mädchen zu sehen war.

«Guten Tag, mein Name ist Gloria Gold.»

Auch das noch, dachte Lisa. Doch der Duft der Lasagne besänftigte sie. Dieses Kind sollte ihr nicht den Appetit verderben.

Gloria lächelte scheu. Ihre Schüchternheit war echt. «Mrs. Higgins, dürfte ich Sie wohl einen Moment sprechen?»

Das Miststück hatte ihr Trevor weggenommen, nach 22 Ehejahren. «Kommen Sie rein», knurrte Lisa und führte den Gast ins Wohnzimmer. Dann ging sie in die Küche und nahm die Lasagne aus dem Ofen. Bewundernd betrachtete sie die Kruste aus goldenem Käse. «Möchten Sie auch etwas?» rief sie durch die Tür.

Ein nervöses Flüstern: «Danke, nein.»

Lisa nahm trotzdem zwei Teller und Bestecke aus dem Küchenschrank.

«Wie kann ich Ihnen helfen, Miss Gold?» fragte sie, zurück im Wohnzimmer.

«Ich möchte», begann die Kleine, «daß Sie sich scheiden lassen.»

Die Gabel fiel Lisa aus der Hand. «Wie bitte?»

«Ich bitte Sie, sich scheiden zu lassen. Ich möchte Trevor heiraten. Ich liebe ihn.»

Lisa schnaubte. «Warum reicht er nicht die Scheidung ein?»

Gloria zog den Kopf zwischen die Schultern. «Bitte, Mrs. Higgins. Er würde nie den ersten Schritt tun.»

Lisa riß sich zusammen und reichte Gloria einen Teller. Das Hackfleisch glitzerte fettig. «Hier, essen Sie erst einmal. Sie sind ohnehin viel zu mager.»

Tränen kullerten über die Wangen des Mädchens. «Danke.»

Lisa grinste. «Wissen Sie, als er mich verließ, da hab' ich geschworen, ihn zu töten. Sie übrigens auch.»

Das Mädchen zuckte zusammen.

Lisa lachte. «Keine Angst. Was ich sagen will: Sie können ihn haben. Weshalb liegt Ihnen soviel an ihm?»

«Er hat mich gerettet», sagte Gloria schlicht.

«Gerettet?»

«Vor dem Selbstmord. Trevor war es, der meinem Leben wieder Sinn gab.» Gloria schob sich ein Stück Lasagne in den Mund. «Wenn es ihn nicht gäbe, wäre ich tot.»

Lisa sah zu, wie sie kaute. «Schmeckt's?»

Das Mädchen nickte. «Großartig.»

«Das Zauberwort heißt Hackfleisch. Viel davon. Nicht das ganz frische. Kann ruhig etwas ... älter sein.»

«Aha», machte Gloria. Vorsichtig stocherte sie mit der Gabel in der roten Masse auf ihrem Teller herum.

Lisa tat, als bemerke sie es nicht. «Wann haben Sie Trevor das letztemal gesehen?»

Gloria schwitzte. «Vor ..., vor vier Tagen.»

«Sie wohnen nicht zusammen?»

«Nein», antwortete das Mädchen. Mit einemmal war die alte Nervosität wieder da.

«Guten Appetit», sagte Lisa.

Gloria zitterte. «Sagen Sie ..., was für Fleisch ist das?»

Lisa grinste wölfisch. «Wissen Sie das denn noch immer nicht?»

Lisa beobachtete die Beerdigung durch das Friedhofstor.

Das Mädchen war mit einem Keuchen aufgesprungen und fortgelaufen. Am nächsten Tag hörte Lisa, daß sie sich vom Dach eines Hochhauses gestürzt hatte. Trevor war der erste, der eine Schaufel voll Erde ins Grab warf. Sein Gesicht war verheult und voller Gram.

Lisa hatte Mitleid mit ihm. Sie lächelte. Wie gut, daß er sie hatte, um ihn in Zukunft vor solchen Tragödien zu bewahren.

Liebe Mami

von Helga Anderle

Liebe Mami,

Sei mir nicht böse, daß ich Dir so lange nicht geschrieben habe. Mach Dir bitte keine Sorgen! Nicky und ich sind sehr glücklich. Du kannst mir zu einem perfekten Ehemann gratulieren. Er ist ja so aufmerksam, liebevoll und fürsorglich – jeden Wunsch liest er mir von den Augen ab. Der absolute Traummann, und ich Glückspilz hab' ihn mir geangelt.

Hoffentlich geht es Papi nach dem schweren Sturz bald besser!

Deine überglückliche Tochter Susi

Liebe Mami,

Ich kann mir denken, daß Du Dich nach Papis Tod sehr einsam fühlst. Im Augenblick halte ich es nicht für ratsam, uns zu besuchen. Verzeih, daß ich das so unverblümt schreibe, aber so glücklich, wie Nicky und ich miteinander sind, würde uns eine Dritte nur stören. Nicky möchte ein Baby haben, und das ist auch mein sehnlichster Wunsch. Wenn es soweit ist, wird er sicher nichts dagegen haben, daß Du mir eine Weile hilfst. Hab also noch ein wenig Geduld!

Deine glückliche Tochter Susi

Liebe Mami,

Mein Gynäkologe sagt, irgend etwas sei bei mir unterentwickelt, und ich muß mich behandeln lassen. Nicky war zwar sehr enttäuscht, aber er ist trotzdem sehr lieb und weicht nicht von meiner Seite. Manchmal ist das etwas mühsam. Neulich, als ich – ohne ihn zu fragen – die Nachbarin einlud, war er sehr böse auf mich. Aber am nächsten Tag hat er sich entschuldigt und Blumen mitgebracht. Du siehst, es geht mir phantastisch, auch wenn ich große Sehnsucht nach Dir habe!

Es vermißt Dich Deine Dich liebende Susi

Liebe Mami,

Wieso sollte ich Dir etwas verheimlichen? Vielleicht habe ich mit dem kleinen Ehestreit etwas übertrieben. Nicky ist manchmal etwas aufbrausend, ähnlich, wie Papi war, aber er hat doch so viele berufliche Probleme. Irgendwo muß er ja Dampf ablassen. Wo sonst sollte er das tun als zu Hause? Der Arzt ist sicher, daß es mit dem Baby klappt. Sei nicht beunruhigt. Ich habe alles, was sich eine Frau nur wünschen kann. Gestern hat mir Nicky einen Geschirrspüler geschenkt, damit ich mehr Zeit für ihn habe und weil die Gläser beim Handspülen nicht sauber genug werden. Ist das nicht süß von ihm?

Deine Dich sehr vermissende Tochter Susi

Liebe Mami,

Wieso glaubst Du mir nicht, daß ich an meinen gebrochenen Rippen selbst schuld bin? Du weißt doch, wie ungeschickt ich bin. Wie kannst Du nur denken, daß Nicky etwas damit zu tun haben könnte? Er kann doch nichts dafür, daß er nach dem Unfall mit dem neuen Firmenwagen entlassen wurde und uns die Bank keinen Kredit mehr gibt. Sie sagen, er sei betrunken gewesen, aber ich weiß, daß er nur selten zuviel trinkt. Deine Ratschläge kannst Du Dir sparen.

Deine Dich trotzdem liebende Tochter Susi

Liebste Mami,

Jetzt kann ich ja zugeben, daß Du recht hattest. Ich habe gelogen, weil ich nicht wollte, daß Du Dich sorgst, und weil ich hoffte, Nicky würde sich ändern. Als er wegen des Unfalls zur Polizei sollte, ist er ausgerastet. Er war betrunken und wollte, daß ich anrufe und sage, er sei krank. Ich weigerte mich, und er wurde entsetzlich wütend. Als er sich ein Küchenmesser griff und mir nachrannte, lief ich aufs Dach. Bevor er mich hinunterwerfen konnte, bekam ich das Geländer zu fassen. Er hing an meinem Bein und brüllte: «Hilf mir!» Zuerst wollte ich, aber da hörte ich Deine Stimme: «Loslassen, was nicht glücklich macht!» Also, pack die Koffer. Das Begräbnis ist nächste Woche.

Ich freue mich so, Dich bald wiederzusehen. Deine Dich über alle Maßen liebende Tochter Susi

PS: Ist Papi ganz von alleine von der Leiter gestürzt?

Ein Scherz

von Werner Schmidli

Martha singt mit kindlicher Stimme: «Schön ist es, auf der Welt zu sein, sagt die Biene zu dem Stachelschwein.»

«Schließ die Tür», ruft ihre Mutter, «und schau nach, ob die Stalltür geschlossen ist. Und vergiß das Bügeleisen nicht!»

Martha ist gewöhnlich nicht vergeßlich. Sie ist 27, aber ihre Eltern sagen, sie sei mit den Füßen dem Kopf um vieles voraus. Ihr Bruder Bernd, ein Nachzügler von 16 Jahren, der von sich behauptet, er könne mit den Tieren reden, sagt das auch. Er glaubt, sich damit den Hof sichern zu können, den Martha für sich allein beansprucht.

Martha ist jeweils zerstreut, wenn sie sich am Freitagabend aufmacht, Herbi im Nachbardorf zu besuchen. Beim Friedhof zögert sie immer. Bernd sagt, nachts würden die Toten um ihr Grab laufen und mit ihren Nachbarn über ihre Versäumnisse im Leben sprechen. Wenn das Tor offenstehe, fielen sie über die Vorbeigehenden her, denn auch die Versäumnisse der Lebenden würden sie bekümmern.

Martha ist noch ein Kind, das Kind der Schusters, die sich als Bauern rechtschaffen durchs Leben bringen. Sie singt, wenn sie zu Herbi geht, und schließt das Friedhofstor, wenn es offensteht. Mit den Toten will sie nicht reden. «Schön, daß du hier bist», pflegt Herbi sie zu begrüßen. Er küßt sie lange, und sie gehen auf sein Zimmer.

«Schön, daß du zu Herbi schaust», sagen seine Eltern. «Das Friedhofstor war zu», sagt Martha, nachdem er die Tür geschlossen hat. Sie erzählen sich, was sie seit dem vergangenen Freitag erlebt haben. «Ich darf das Bügeleisen nicht vergessen, Herbi, das du so schön repariert hast. Bernd lacht mich sonst aus und erzählt es den Tieren. Die sehen mich dann so merkwürdig an.»

«Die Tiere schauen immer gleich dumm drein», meint Herbi, «auch bei uns auf dem Hof. Glaub nicht dran.» Er ist auch noch ein Kind; seine Eltern sind froh, daß sich Martha seiner annimmt. Es wäre an der Zeit, daß sie heirateten. «Der Herbi hält unsere Martha bloß hin», sagt die Mutter. Und Bernd fügt hinzu: «Sie glaubt an Geister und schließt immer das Friedhofstor.» Darauf erwidert der Vater: «Erzähle das den Tieren.» So ist es jeden Freitagabend.

«Wir werden vier Kinder haben», sagt Martha, «jedes Jahr eines, damit sie miteinander aufwachsen.» Das sagt sie immer, wenn sie sich bereits alles erzählt haben. «Wir reden nächsten Freitag darüber», erwidert Herbi. «Ich will meinen eigenen Hof haben.»

Heimbegleiten darf er sie nicht, sie hat ihren Stolz. Aber sie muß nochmals zum Haus zurück, weil sie das Bügeleisen vergessen hat. Sie hat das Friedhofstor geschlossen, nun steht es offen. Als eine weiße

Gestalt auf sie zukommt, erschrickt sie. Die Gestalt erinnert Martha an sie selbst, wie sie in ihrem weißen Nachthemd vor dem Spiegel steht, mit ausgebreiteten Armen, und an Herbi denkt, der sagt, er habe noch nie einen Geist gesehen. Wenn Bernd sie dabei überrascht, lacht er und erzählt es den Tieren.

Sie drückt das Bügeleisen ans Herz. Wenn sie vergäße, es nach Hause zu bringen, würde Bernd sie auslachen und sagen, sie glaube eben doch an Geister. Die Gestalt seufzt erst, als müßte sie sich von ihren Schmerzen und Versäumnissen befreien. Dann hebt sie die Arme drohend und macht ein paar Schritte auf Martha zu. Diese schlägt, erschrokken und überrascht, das Bügeleisen dorthin, wo der Kopf des Geistes sitzen muß. Aus Schrecken und Verwunderung, wie hart der Kopf eines Geistes ist, schlägt sie nochmals zu.

Dann läuft sie los, das blutige Bügeleisen ans Herz gedrückt. Später kann Martha nicht mehr sagen, wie sie heimgekommen ist. Aber das Bügeleisen hat sie nach Hause gebracht und der Mutter gegeben. Die hat einen Schrei ausgestoßen und nach Vater und Bernd gerufen. Aber nur Vater ist in die Stube gekommen und hat gesagt: «Verdammt!»

Martha erinnert sich, daß Bernd nicht wie gewöhnlich unter der Tür gestanden ist und gefragt hat, wie es diesmal mit Herbi gewesen sei und wann sie endlich den Platz räume, der ihm zustehe, und mit Herbi weggehe auf einen eigenen Hof. Sie sei doch kein Kind mehr, das an Geister glaube . . .

Blackout

von Petra Hammesfahr

Ein halbes Jahr lang ließ mich Marlene in dem Glauben, daß ich die Wohnung an jenem Mittwoch im Juni um fünf in der Früh verlassen hatte. Um acht war ich im Büro, das wußte ich. Für den Weg zur Arbeit brauche ich 20 Minuten! Ein halbes Jahr lang fragte ich mich: Was habe ich in den drei Stunden gemacht?

Es hatte am Abend zuvor einen Streit gegeben. Daran erinnerte ich mich. Nicht mit Marlene, im Juni war sie noch ausschließlich meine Nachbarin. Manchmal verriet ein Blick, daß sie gerne mehr gewesen wäre. Aber zu der Zeit war ich mit Claudia zusammen, seit zwei Jahren. Und wenn man eine Frau abgöttisch liebt, sieht man keine anderen und sieht auch sonst über vieles hinweg.

Zum Beispiel darüber, daß Claudia sich häufig Freunde einlud. Sie war nicht berufstätig und langweilte sich oft. Auf die Idee, etwas Zeit für den Haushalt zu verwenden, kam sie nicht. In den ersten Wochen hatte sie es getan. Dann verlor sie das Interesse. Aber das kann meine Schuld gewesen sein. Ich hatte sie wiederholt kritisiert. Und Kritik vertrug Claudia nicht; sie rührte keinen Finger mehr.

Um ehrlich zu sein, es war mir lieber so. Ich war immer ein sehr häuslicher Typ. Mir machte es Spaß, nach Feierabend einzukaufen, zu kochen und die Wohnung in Ordnung zu bringen. Es hat mich nie gestört, wenn Claudia unterdessen mit ihren Freunden ein Gläschen trank. Ich mochte es nur nicht, wenn dabei abfällige Bemerkungen fielen.

Genau das war an jenem Dienstagabend passiert. Marlene – also meine damalige Nachbarin – sagte später, sie habe mich die halbe Nacht brüllen hören, außerdem habe es mehrfach gepoltert, als seien Möbelstücke umgestoßen worden. Um fünf hätte ich das Haus verlassen. Gesehen hätte sie mich nicht, nur gehört. Ich sei zweimal zwischen Wohnung und Auto hin- und hergegangen und hätte dabei anscheinend etwas Schweres getragen.

Ich weiß nichts davon. Das letzte, woran ich mich erinnere, ist, daß ich Claudia fragte: «Findest du es richtig, mich vor deinen Freunden zu beleidigen?»

Ich weiß auch noch, daß sie mich angrinste: «Das war keine Beleidigung, sondern die Wahrheit: Das Gulasch war versalzen.» Da ist mir die Hand ausgerutscht. Es war das erstemal, daß ich sie geschlagen habe. Und ich muß dabei so entsetzt gewesen sein, daß mir der Faden riß.

Marlene sagte, sie habe gegen neun an meine Tür geklopft, um zu sehen, ob alles in Ordnung sei. Die Tür sei nicht verschlossen gewesen. Und dann sagte sie immer: «Stell dir einfach vor, Claudia habe die Koffer gepackt, als ich hereinkam.»

Als ich an dem Abend nach Hause kam, mit einem Blumenstrauß, weil ich mich entschuldigen wollte, war Claudia fort, ihre Koffer und ein paar ihrer Sachen ebenfalls, nur ein paar. Marlene saß im Wohnzimmer, lächelte und sagte: «Nun machen wir erst mal drei Kreuzzeichen, daß Sie das Biest losgeworden sind. Ich habe übrigens nichts dagegen, wenn ein Mann gerne kocht und Ordnung hält.» So kamen wir zusammen, Marlene und ich. Es lief in den sechs Monaten auch ganz gut mit uns.

Dabei war mir klar, daß Claudia mich nicht verlassen haben kann. Sie hätte nicht nur all ihre Sachen, sondern auch einige von meinen mitgenommen. Ein halbes Jahr lang bin ich fast verrückt geworden bei der Vorstellung, daß ich sie umgebracht und in ihren eigenen Koffern aus der Wohnung geschafft habe.

Vor knapp einer Stunde nun hat Marlene gesagt: «Ich hätte mir das gut überlegen sollen, ehe ich ihr eins über die Rübe gab. Aber ich dachte tatsächlich, die Kuh hat das große Los gezogen. Ein gepflegter Haushalt, nicht mal um den Kochtopf muß sie sich kümmern, und im Bett wird sie garantiert auch verwöhnt. Ach, Scheiße! Du bist auf der ganzen Linie eine Niete. Das Steak ist zäh, das kann ich nicht essen.» Dann gab sie ihrem Teller einen Stoß. Ich erinnere mich, daß ich zugeschlagen habe. Nur wie ich ins Auto gekommen bin ... Ich weiß es wirklich nicht.

Die Rauchsäule

von Peter Höner

Ich grüßte schon lange nicht mehr. Wortlos ließ ich
mich im überfüllten Lift in den vierten Stock fahren
und marschierte in mein Büro. Jedermann hielt
mich für ein Lamm. Ich bin aber ein Wolf.

Nur wenige Wochen nach dem Tod des alten Fir-
menchefs war mir das kleine Büro am Ende des
Flurs zugewiesen worden, ein winziger Raum,
nicht größer als eine Besenkammer. Die Begrün-
dung lautete, ich sei meinen Kollegen nicht zumut-
bar, ich würde schnaufen.

Es stimmt, daß ich ab und zu hörbar Atem holen
muß. Vor Jahren mußte meine Nase operiert werden, eine alte Geschichte, die nicht ohne Folgen
blieb. Aber früher hieß es: Herbert pfeift. Man
lachte und kümmerte sich nicht weiter darum. Ich
wollte wissen, wer sich beschwert hatte. Ohne Erfolg.

Einer dieser Schnösel mit Froschkrawatte und
kahlrasiertem Nacken, die jetzt überall herum-
schwirren, wies mir eine neue Arbeit zu. Er brachte
mir einen Papierstoß. Uraltes Werbematerial für
Produkte, die wir seit Jahren nicht mehr vertreiben.
Ich fragte, was ich damit machen solle, und er antwortete: «Durchlesen, Sie haben das Zeug ja geschrieben.» Ich wollte ihm die Grundlagen meines

Konzepts erklären, aber er hörte mir gar nicht zu und ließ mich allein.

Meine Präsenz in der Firma wurde zur Qual. Wen ich grüßte, der schaute weg, wo ich mich dazustellte, verstummten die Gespräche, in der Kantine wechselte man den Tisch, und als im Lift mein Atem pfiff, sagte jemand hinter mir: «Es ist unerhört, was man sich alles gefallen lassen muß!»

Ich spürte mich selbst nicht mehr, war ein Phantom, ein lebender Toter.

Während der drei Monate, die ich in meinem winzigen Büro saß, kümmerte sich niemand um mich. Keiner meiner ehemaligen Kollegen besuchte mich in meiner Zelle, und weil ich mein Büro aufgrund der jüngsten Entwicklung praktisch nie verließ, sah ich den ganzen Tag keine Menschenseele. Auch der junge Mann, der mir meine Aufgabe zugeteilt hatte, meldete sich nicht mehr.

Worüber ich mich wunderte, war, daß sich mein Computer noch einschalten ließ. Wahrscheinlich glaubte man, ich hätte diese Technologie ohnehin nie begriffen, oder man hatte einfach vergessen, mein Gerät von den übrigen abzukoppeln.

Tatsächlich fiel es mir nicht schwer, aus den verschiedenen Dateien die entsprechenden Files zu holen. Selbst komplizierte Grafiken ließen sich mühelos abrufen, und schon sehr bald tummelte ich mich im gesamten System des Rechners und knackte die privaten Codes, mit denen sich die einzelnen Benutzer vor einem unerlaubten Datenzugriff zu schützen versuchten.

Am Morgen meines letzten Arbeitstages, zehn nach zehn, begannen die ersten Bildschirme zu flakkern. Die Grafikkarten schnurrten zu einem einzigen Bildpunkt zusammen und verschwanden. Kurz darauf brachen die Rahmen der Windows, und ein kleines Trichterchen erschien, in das Buchstabe um Buchstabe, Zeichen für Zeichen purzelte. Wie der Sand einer Sanduhr rieselte der gesamte Inhalt aus den lecken Fenstern. Die Tastatur verweigerte alle Funktionen, selbst ein Ausschalten der Geräte war nicht mehr möglich.

Nach weiteren drei Minuten wurden sämtliche Bildschirme unter höhnischem Gemecker der Minilautsprecher von einem grinsenden Kopffüßler terrorisiert, der die Speicher aller Festplatten zu löschen begann, ohne daß er daran gehindert werden konnte. Danach begann er mit der Zerstörung der Systeme. Auf jeden Tastendruck reagierte der Bildschirm nun mit der Frage: How can you do that? Und aus den Minilautsprechern säuselte «Satisfaction» der Rolling Stones.

Als ich das Haus verließ, implodierten bereits die ersten Geräte. In einem der oberen Büros brach ein Feuer aus.

Das Knallen der berstenden Scheiben dröhnte mir noch in den Ohren, als ich mich längst in der rettenden Oase meines Schrebergartens befand. Die Rauchsäule am Himmel störte mich nicht.

Nasentropfen

von Ingrid Noll

Es regnet. An den dicken Eisenstäben vor meiner kleinen Zellenluke perlt das Wasser unermüdlich herunter. Ich singe: «Nasentropfen, die an mein Fenster klopfen . . .»

An die Nacht, in der das Unheil seinen Lauf zu nehmen begann, kann ich mich genau erinnern. Wir waren gerade eingeschlafen, als das Telefon klingelte und ich ins Krankenhaus gerufen wurde. Nun, das kommt vor, im allgemeinen schlummere ich zwei Stunden später bereits wieder friedlich.

Beim Einschlafen pflege ich auf der rechten Seite zu liegen, meine Frau im übrigen auch. In jener Nacht schlief sie unaufgefordert mir zugewandt. Meine Gedanken kreisten noch um den perforierten Blinddarm, als ich von einem zugigen Lüftchen angefächelt wurde. Hilde schlief sowohl auf der falschen Seite als auch mit einer verblüffend neuen Atemtechnik. Schnarchen konnte man sie nicht direkt nennen, es handelte sich um ein aufdringliches «Püü-Haa». Nur wenige Minuten lang konnte ich es ertragen. Ich stieß sie an, sie drehte sich herum, und der Spuk war zu Ende.

In der nächsten Nacht wurde ich nicht nur angeblasen, ein Sturmwind fuhr mir ins Gesicht, das Püü und Haa ging in ein ratzendes Sägen über. Das Weib wendete sich nicht mehr gehorsam ab, sondern wirkte unverdrossen auf meinen Herzinfarkt hin – die häufigste Todesursache bei Ärzten.

Eine nächtliche Bettflucht war unmöglich. Bei meinem Sohn mochte ich nicht um Asyl nachsuchen, seine Socken und Turnschuhe belästigten ein anderes meiner empfindlichen Sinnesorgane. Bei der Tochter ging es schon aus Gründen des Anstands nicht.

Nach schlaflosen Nächten, heftigen ehelichen Auseinandersetzungen und Drohungen beriet ich mich mit einem Kollegen. Er empfahl Nasentropfen. Bereits am nämlichen Abend zwang ich Hilde, das Medikament zu nehmen. Mit Erfolg: Die Nasenatmung funktionierte wieder.

Wenn ich gedacht hatte, das Problem sei hiermit gelöst, so irrte ich. Anfangs nahm meine Frau die Tropfen mit künstlichem Eifer. Als echte Schlampe vergaß sie ihre Pflicht aber schon nach wenigen Tagen und begann wieder zu schnarchen, grauenhafter denn je. Sie mußte von mir gerüttelt, gerügt, ja gewaltsam beträufelt werden.

Dann begann sie mit diesen Ausflügen. Einmal im Monat besuchte sie eine ihrer Freundinnen in der Stadt und übernachtete dort, obwohl man in zehn Minuten wieder zu Hause sein konnte. Diese Extravaganz bezeichnete sie als ihr gutes Recht. Niederträchtigerweise vergaß sie nie, die Tropfen in den Kulturbeutel zu packen. Bei meinen Kontrollanrufen meldete sich niemand, selbst um drei Uhr nachts wurde der Hörer nicht abgenommen.

Sicherlich betrog sie mich. Bei mir wurde auf Teufel komm raus geschnarcht, mein Nebenbuhler dagegen durch lautlosen Schlaf beglückt. Insofern war es nicht verwunderlich, daß ich mich auf Hildes Geburtstagsfeier in ihre sanfte Freundin Sonja verliebte.

Kurz darauf reifte der geniale Plan, mich meiner Frau zu entledigen, ein für allemal. Vom Anästhesisten entwendete ich ein starkes Muskelrelaxans, das als Narkosehilfsmittel in flüssiger Form verfügbar war. Als Hilde erneut den Koffer packte, leerte ich die Nasentropfen aus dem Fläschchen, füllte es mit der gestohlenen Injektionslösung und legte das Überraschungsei in ihre Toilettentasche zurück, nicht ohne einen Markierungspunkt angebracht zu haben. Ich rechnete mit einem nächtlichen Atemstillstand und einem grauenhaften Schock ihres Lovers. Aber meine Frau kam gesund nach Hause.

In meiner Verzweiflung beschloß ich, Gleiches mit Gleichem zu vergelten. Am folgenden Samstag fuhr ich zu Sonja und blieb die ganze Nacht bei ihr. Wenn Hilde schon nicht sterben wollte, so sollte sie in Zukunft zumindest leiden wie ich.

Nach der Liebe schlief ich ein wie ein junger Gott. Sonja war, trotz einer Erkältung, selbst im Schlaf ein Muster an Disziplin.

Als ich meine Liebste wachküssen wollte, war sie starr und kalt. Auf ihrem Nachttisch standen Hildes Nasentropfen.

Porträt eines Toten

von Ron Goulart

Das tote Mädchen lächelte ihn an. Dort, hinter der Schaufensterscheibe, zwischen verstreuten Notenblättern und schiefen Lampen stand ein Ölbild von Janine. «Sie sind beide tot», sagte er sich. Die Frau auf dem Porträt und der Mann, der es gemalt hatte. Doch letzte Woche war das Bild noch nicht hier gewesen. Seit seiner Rückkehr aus Mexiko hatte er oft in den Antiquitätenläden und Galerien an dieser Straße gestöbert. Es war schon komisch, daß ein Bild in Hexlers unverkennbarem Stil hier auftauchte. Aber immerhin war nichts auf dem Gemälde, was Kolby mit ihr oder Hexler in Verbindung gebracht hätte.

Seine Hand zitterte, als er nach dem Türknopf griff. «Das Bild im Fenster», fragte er beiläufig, «was kostet es?» Ein dicker alter Mann kauerte hinter dem Ladentisch. «Ein echtes Meisterwerk», sagte er. «100 Dollar. Oder zwei für 175.» Kolby schluckte. «Zwei?» – «Ich hab' hinten noch ein schönes Stück vom selben Künstler.» Das zweite Bild war ein Selbstporträt von Hexler mit seinem dreisten Grinsen und dem dünnen Schnurrbart. «Verdammt, das ist ihr Haus im Hintergrund und der Wagen, den wir benutzt haben», schoß es ihm durch den Kopf. «Wann hat er das gemalt?»

Hexler hatte Janine zu überreden versucht, Kunst-mäzenin zu werden, bevor Kolby sich ihm ange-schlossen hatte. Eigentlich hätte ihm die arme Janine ja leid tun sollen, doch dafür lebte er zu gut von ihren 300 000 Dollar.

Wieder im Laden, sagte er: «Ich nehme beide. Sie kriegen von überall her Sachen, was?» Mit einem Nicken sagte der alte Mann: «Die beiden stammen aus Mexiko. Ein Ehepaar hat all die Bilder mitge-bracht. Ich könnte noch mehr davon besorgen.» – «Es gibt noch mehr?» – «Ein paar Dutzend.» – «Dann ist es wohl einfacher, ich verhandle direkt mit dem Ehe-paar.» – «Da hab' ich aber viel davon.» – «Ich gebe Ihnen 50 Dollar für die Adresse und die Telefonnum-mer.» – «Die sind frisch eingezogen und haben noch kein Telefon.» – «Also gut, 75 für die Adresse.»

Hexler war ein charmanter, aber arroganter Kerl gewesen, der vor Selbstvertrauen strotzte. Doch das hatte ihm auch nichts genützt. Seit einem Jahr lag er in einem Canyon in Mexiko. Offenbar hatte noch nie-mand die Leiche gefunden. So hatte Kolby die Sache auch geplant. Seine Absicht war, daß man Janine fin-den und glauben würde, bei dem Autounfall, den er und Hexler inszeniert hatten, seien die 300 000 Dollar mit ihr verbrannt. Ihm hatte nicht gefallen, wie Hex-ler zum Schluß mit Janine umgesprungen war. Statt sie einfach umzubringen und in den Wagen zu ver-frachten, hatte Hexler noch seine Spielchen mit ihr getrieben. Das hatte Kolby wütend gemacht. Er hatte Hexler deshalb ohne Gewissensbisse aus dem Weg geräumt.

Das große Haus, das der Antiquitätenhändler ihm angegeben hatte, war dunkel. Nach kurzem Zögern zog Kolby eine Taschenlampe hervor und ging um das Haus. Er fand die Bilder. Sieben der verdammten Dinger standen im leeren Wohnzimmer an einer Wand. Auf dreien waren er selbst, Hexler und Janine zu sehen. Merkwürdig, daß so viele dieser Bilder hier auftauchten. Und wenn das Ganze eine Falle war? Unmöglich, Hexler war seit langem tot.

Absolut sicher war Kolby allerdings nicht. Er wußte, daß er seinen Partner niedergeschlagen und dann in die Schlucht geworfen hatte. Doch er war nicht hinabgestiegen.

Er nahm das Bild in die Hand, auf dem Janine, Hexler, er selbst und das Auto zu sehen waren. Und wenn Hexler nicht tot war? Er hatte gewußt, daß Kolby nach Connecticut zurückkehren wollte. Vielleicht hatte er neue Bilder gemalt und den Alten im Antiquitätenladen geschmiert. Natürlich alles nur, um ihn hierhin zu locken und zu foltern, bis er herausbekäme, wo das Geld verborgen war.

Irgendwo im Haus ertönte ein schwaches Geräusch. Kolby sah auf die Hand hinunter, mit der er das Bild berührt hatte. Er hielt sie in das Licht der Taschenlampe. Langsam rieb er mit dem Zeigefinger über seinen Daumen, um sicher zu sein, was er spürte. Dann sagte er: «O Gott.» Es war nasse Farbe.

Aus dem Amerikanischen von Thomas Bodmer

Marie Münger nimmt Abschied

von Cristina Achermann

Das Beige aus Merinowolle oder der Sattelrock zur honiggelben Bluse? Das Kurze mit dem Schleifenkragen? Wenn sie sich kerzengerade hinsetzte, würde der Saum das Hämatom verdecken.

Marie Münger, geborene Landis, stand vor dem Kleiderschrank und konnte sich nicht entscheiden. Sie schob die Kleiderbügel sachte auseinander und ließ ihren Blick prüfend über die mit Sorgfalt ausgewählten Stücke wandern. Auch wenn es das letztemal sein würde, sie wollte ihm gefallen.

Die dunkle Hose mit der Strickjacke? Sportlich sehe sie darin aus, hatte der Schwager beim letztjährigen Treffen auf dem Etzel gemeint. Aber seit dieser Sache mit dem Hautwolf brauchte sie Luft zwischen den Oberschenkeln. Das Kostüm? Unmöglich, das hatte sie bereits letzten Dienstag getragen.

Ein dumpfes Schlagen ließ Marie Münger zusammenfahren. Sie sah auf die Standuhr, die für ihren Geschmack zu dicke Pendel und einen geschnitzten Giebel besaß, der ihr beim Einnachten wie eine große Krebsschere erschien, die nur darauf wartete, nach ihr zu greifen. Sie hatte nie verstanden, warum Robert diese Uhr im Schlafzimmer haben wollte.

Ihr blieb noch eine halbe Ewigkeit, und trotzdem hatte sie das Gefühl, die Zeit liefe ihr davon.

Sie wußte nicht mehr genau, wann sie ihn zum erstenmal gesehen hatte. Auf jeden Fall war Robert damals schon tot. Aber das war er schon lange. So lange, daß sie sich manchmal sorgte, ihn nicht wiederzuerkennen, wenn sie ihm im Jenseits begegnen würde.

Nach Roberts Tod hatte sie nichts und niemanden sehen wollen, nicht einmal ihre drei Söhne. Dann war er in ihr Leben getreten. Nicht plötzlich, sondern nach und nach. In ihrem Alter brauchte alles seine Zeit, sogar die Liebe. Sie hatte ihm in den vergangenen Jahren viel durchgehen lassen, viel mehr als Robert. Sie hatte nachsichtig zugesehen, wie er ein Bäuchlein ansetzte, wie sein Blick immer melancholischer wurde und wie die Tränensäcke sich füllten. Ihr Jüngster, der sich seit der kaufmännischen Ausbildung mit Psychologie befaßte, hatte einmal gemeint, soviel Wasser unter den Augen deute auf eine unharmonische Beziehung zum Stofflichen hin.

Manchmal hatte er sie auch gelangweilt. Robert natürlich auch, aber das war eine andere Geschichte, denn schließlich waren sie verheiratet gewesen. Aber sie hatte immer zu ihm gehalten. All die Jahre hindurch. Hatte ihn, wann immer sie konnte, verteidigt. Gegenüber ihren drei Söhnen und der Schwester und dem Schwager. Auch seine erste Heirat hatte sie ihm verziehen. Und dies, bevor seine Frau tödlich verunfallte. Ein dummer Tod, mit einem Sportflugzeug abzustürzen. Wo es doch immer hieß, Flugzeuge seien so sicher.

Aber jetzt das. Energisch band sie den Gurt des

Morgenmantels enger, nahm die aufgeschlagene Illustrierte vom Bett und ging mit ihr ins Wohnzimmer. Sie legte die Zeitschrift auf Roberts Rauchtisch, neben die Damenpistole, die ihr der Älteste geschenkt hatte, und neben die ledernen Handschuhe. Das hatte sie von ihm gelernt, denn ins Gefängnis wollte sie nicht. Dann zog sie die Vorhänge zu und entfernte die Schonbezüge der beiden Sessel. Sie rückte den Fernsehapparat, der auf einem eigens angefertigten, drehbaren Sockel stand, zurecht und wischte den Bildschirm mit einem Staubtuch ab.

Pünktlich um acht richtete sich Marie Münger in ihrem Sessel ein. Sie hatte sich schließlich für das Romantische mit den Blumenvolants entschieden. Es war so fröhlich, daß es ihr den Abschied vielleicht erleichtern würde. Auf ihrem Schoß lag die Illustrierte, aufgeschlagen bei einer Doppelseite, auf der ein lachendes Paar mit Konfetti und Reis überschüttet wurde.

Bevor sie zur Fernbedienung griff, schaute sie sich die beiden noch einmal ganz genau an. Fünf Minuten später setzte die Melodie ein, die sie in den letzten Jahren begleitet hatte und die sie auch auf Schallplatte besaß. Diesmal dauerte es eine Weile, bis er ins Bild kam. Als er sich über die Leiche einer jungen Frau beugte, hob Marie Münger die Pistole und schoß.

Der Liebhaber

von Peter Zeindler

«Sie betrügt mich!» Werner Buchholz, Klavierlehrer am städtischen Konservatorium, fingerte mit der Rechten einen perlenden Lauf auf die abgegriffene Stuhllehne und schaute zum erstenmal seit vier Wochen seinem Gegenüber in die Augen. Ein irrer Blick!

Leo Dahlhaus schwieg. Er war ein erfahrener Therapeut. Endlich hatte er seinen sperrigen Klienten so weit, daß dieser aus sich herausging. Der Leidensdruck war zu groß geworden.

Kein Wunder! Die Frau war faszinierend. Buchholz' Schilderungen waren so packend, daß sie sich sogar in der Erinnerung seines Therapeuten festsetzten: Dahlhaus sah Isa im Gegenlicht vor dem Fenster stehen, sah den sanft geschwungenen Horizont ihrer Schultern, der sich als Schattenriß vom schummrigen Hintergrund abhob. Diese Frau besaß nicht nur einen atemberaubenden Körper, sondern auch einen sperrigen Intellekt. Daß sie intelligent, geistreich, phantasievoll war und den gefühlsbetonten Buchholz in Diskussionen verwickelte, denen er intellektuell nicht gewachsen war, hatte die Krise ausgelöst, derentwegen er sich schließlich einem Psychotherapeuten anvertraute. Er suchte den Schrumpfungsprozeß abzubremsen, dem er körperlich und seelisch ausgeliefert war.

Diese Frau hielt Buchholz besetzt. Es gab keine musikalische Passage, die er spielen konnte, ohne daß er nicht an sie dachte. Er liebkoste die Tasten, als seien sie Teil ihres vollkommenen Körpers, aus dem er die schönsten Harmonien herausschmeicheln wollte. Aber sie verweigerte sich ihm. Der Verdacht, den Dahlhaus im Verlauf der Sitzungen geschürt hatte, daß nur ein Nebenbuhler Schuld an Isas Erkaltung sein könne, ergriff von Buchholz immer stärker Besitz.

Je mehr sich Buchholz in den Sitzungen sein Leiden an Isa von der Seele zu reden versuchte, desto mehr näherte sich sein Therapeut der faszinierenden Frau an. Sie drang zuerst in seine Träume ein, dann setzte sie sich in seinem Alltag fest, und schließlich dachte Dahlhaus dauernd an sie. Und während Buchholz, von seinem Therapeuten sanft unterstützt, stetig schrumpfte, fühlte dieser, wie er selbst zu wachsen begann: Isa breitete sich in ihm aus, bis er beinahe platzte.

Vor zwei Tagen hatte er es nicht mehr ausgehalten und sich seinem erfahrenen Kollegen und Konkurrenten Theo Ackerknecht anvertraut, mit dem ihn mehr als Gespräche über berufliche Fragen und Supervisionen verband. Natürlich hatte die Begegnung mit Ackerknecht den erwarteten Verlauf genommen. Aber Ackerknechts Entrüstung darüber, daß Dahlhaus die heiligsten Gesetze der Psychotherapie zu brechen im Begriff war, hatte diesen schon gar nicht mehr erreicht. Er war so vom Gedanken besessen, die Frau zu besitzen, der er sich, von seinem Klienten gegängelt, tausendfach angenähert hatte, daß er bereit war, alles zu opfern, selbst die allerheiligsten Prinzipien. Er fühlte auf einmal Energien in sich wachsen, die er sonst nur bei Patienten geortet hatte.

«Triff dich mit dieser Frau, Theo», flehte er Ackerknecht an. «Erkunde sie für mich, zerstör mir meine Illusionen, treib sie mir aus!»

Ackerknechts letzten beredten Blick, dessen ergebenes Nicken würde er nie vergessen.

«Ich bringe den Mann um!» sagte Werner Buchholz. Dahlhaus schwieg, betrachtete seinen Klienten und wartete auf den Stundenschlag vom nahen Kirchturm. Die Therapiestunde war beendet. Dahlhaus hob den Blick. Buchholz kannte die Regeln; es gab keine Verlängerung. Trotz seiner offensichtlichen Erregung stand er gehorsam auf, nickte Dahlhaus zu und ging zur Tür. Dahlhaus schaute ihm nach. So schnell wurde man zum Mörder! Einen Augenblick dachte er an Ackerknecht und dessen nahen Tod. Aber der Gedanke an Isa, die bald einen erfahrenen Therapeuten nötig haben würde, war stärker. Ob Buchholz Ackerknecht erschießen, erstechen oder vor ein fahrendes Auto stoßen würde, war die einzige noch unbeantwortete Frage in Dahlhaus' mörderischem Konzept.

Das Liebeseck

von Heribert Bauer

An kalten und regnerischen Wintertagen stand es mit Stronskis Laune nicht zum besten. Auch an jenem Morgen im Februar wirkte sein hageres Gesicht so grau und düster wie der Himmel.

«Du bist völlig unnütz, Lisa. Du gehörst weg. Auf den Müll. Schluß. Aus.» Er wandte sich von der offenen Schlafzimmertür ab und zog die Küchengardine erneut zur Seite. Dann hob er das billige Fernglas an die Augen und starrte, wie so oft, hinunter auf das Liebeseck. Die Frankfurter nannten die Kreuzung so, weil sich Bars, Sexläden und Bordelle in der Umgebung fast nahtlos aneinanderreihten.

«Die Weiber da unten haben Pep», fuhr Stronski fort. «Und sie zeigen Disziplin, sonst werden sie von ihren Luden ordentlich verprügelt. Evi hat schon drei Freier bedient. Und das am Vormittag. Trotz des Sauwetters. Eine satte Leistung, denn die Kerle streichen so unentschlossen an ihr vorbei wie Hunde, die den richtigen Baum zum Pinkeln noch nicht gefunden haben.»

Auf den ersten Blick unterschied sich das Liebeseck nur wenig von anderen Straßenkreuzungen. Es gab lediglich einige grellbunte Neonreklamen mehr als anderswo, und sie lockten zu einem Konsum anderer Art. Manche Passanten hatten es eilig, sie befanden sich auf dem Weg zur Arbeit; andere nahmen sich die Zeit, mit lüsternen Augen in die Vitrinen der Etablissements zu starren. Hoch über allem flatterten die Stadttauben, deren Kot langsam, aber stetig die stuckbewehrten Fassaden der alten Häuser zerfraß.

Stronski vergaß wieder einmal seinen Kaffee und die frischen Croissants. Dafür drehte er an der Optik. Er liebte Details. Vor allem die Gesichter der Mädchen wollte er genau sehen. Da Evis Gesicht jedoch mehr Appetit auf ein Frühstück als Liebeshunger erkennen ließ, wanderte sein Blick rasch körperabwärts.

«Du solltest dir die Weiber einmal anschauen, Lisa!» rief er über die Schulter. «Superkurze Röckchen, hohe Stiefel und Balkons, daß sie sich kaum vornüberbeugen können, ohne auf die Nase zu fallen. Und was hast du zu bieten, he?»

Er riß das Fernglas erneut an die Augen. Evi ging auf dem Gehsteig langsam auf und ab. Sie zog ihre schwarze Lederjacke enger zusammen. Offensichtlich fror sie. Und dabei hieß es immer, die Liebe mache heiß.

«Jetzt beißt wieder einer an!» rief Stronski wenig später. Seine Stimme klang schrill, und die Hand, die das Fernglas hielt, begann leicht zu zittern. «Ein alter glatzköpfiger Schürzenjäger ist das. Aber seiner Kleidung nach scheint er Kohle zu haben. Ein Fürsorgeempfänger wie ich ist der nicht. Haste Töne – er geht mit! Der vierte am frühen Vormittag.»

Evi und der Freier verschwanden in einem Hauseingang.

Stronski legte das Fernglas erregt auf die Fensterbank. «Weiß der Teufel, was sie mit dem Kerl jetzt alles treibt.» Er erhob sich und betrat Sekunden später das Schlafzimmer. «Und was ist mit dir los?» fragte er Lisa, die nackt und regungslos auf dem Bett lag. «Gar nichts», beantwortete er seine Frage selbst. «Absolut nichts. Für was liegst du überhaupt hier herum? Ich sage es ja – du gehörst auf den Müll!»

Stronski hob das Brotmesser, das er hinter dem Rücken verborgen hatte, und stieß zu. Mehrmals und mit aller Kraft. Mit einem leisen Zischen entwich die Luft aus der lebensgroßen Puppe . . .

Zecke in Napoli

von Kurt Bracharz

Auch Freunde verwendeten Zacharias' Übernamen Zecke, wobei die Snobistischeren taten, als sprächen sie ihn amerikanisch, Zeke, aus. Ihm war das gleichgültig, die ihm liebste seiner Eigenschaften war nicht die Eitelkeit.

«Greif mal», sagte er in der Bar, in die er mich geschleppt hatte, und hielt mir das Revers seines Jakketts hin. «Kaschmir! Ich sagte ihnen: Okay, aber minus 2000. Und weißt du was?» Er sah mich triumphierend an.

«Sie haben dir's gegeben.» Es war keine Pointe. Zecke kriegte, was er haben wollte. Frechheit siegt. Ich würde mich nie getrauen, einem distinguierten Herrenausstatter basarmäßig zu kommen, und wenn ich es täte, käme ich damit nicht weit. Im Gegensatz zu Zecke.

Er sah mir meine Gedanken an. «Hartnäckigkeit», sagte er mit seinem üblichen zufriedenen Lächeln. Er nahm einen Schluck von dem Jack Daniel's, auf den ich ihn eingeladen hatte. Sein Lächeln wurde zum Grinsen.

«Hab' ich dir erzählt, wie sie uns in Neapel beklaut haben?»

Ich schüttelte den Kopf. Eine Geschichte, in der Zecke den kürzeren zog, hätte ich mir gemerkt.

«Das ist so sieben, acht Jahre her. Franziska und ich kommen am Bahnhof an. Wir nehmen die Straßenbahn. Wir bleiben mit unseren Rucksäcken hinten beim offenen Einstieg, drei oder vier junge Typen sitzen um uns herum. Als das Tram anfährt, fällt ein älterer Herr beinahe rücklings hinaus. Wegen der Hitze lassen sie die Türen während der Fahrt nämlich offen. Reflexartig greife ich zu, genauso einer von den jungen Burschen. Der Alte bedankt sich. Ich greife nach dem Geldbeutel, den ich unterm Hemd trage – er ist weg!»

Er schlürfte seinen Whisky, um mir Zeit zu den Überlegungen zu geben, die er damals blitzschnell angestellt haben mußte.

«Ich fing sofort ein großes Gezeter an», fuhr Zecke fort. «Stellte mich in die offene Tür, damit keiner rausspringen konnte. Franziska ging zum Fahrer, sie kann gut Italienisch. Ich brüllte auf deutsch, was durchaus Eindruck machte. Der Fahrer rief per Funk die Bullen und ließ das Tram an der nächsten Haltestelle mit geschlossenen Türen stehen. Offenbar hatte er Routine in solchen Angelegenheiten. Als die Polizisten aus ihrem Wagen stiegen, stieß einer von den jungen Männern Franziska an und zeigte unter einen Sitz. Da lag mein Geldbeutel! Als die Carabinieri einstiegen, war ich schon am Nachzählen.»

«Da bist du ja gut weggekommen», sagte ich.

Zecke zuckte die Schultern. «Die Schnur, an welcher der Beutel gehangen hatte, war durchgeschnitten, aber gut, darüber waren alle bereit hinwegzusehen – dann faßte ich in meine Hosentasche. Da fehlten tausend Schilling, die ich am Morgen eingesteckt hatte. Damit kamen sie mir nicht davon! Ich fing von neuem an, mich mächtig aufzuregen.» Er schmunzelte bei der Erinnerung.

«Die Folge war, daß die Bullen uns, den alten Herrn und zwei von den Jungen aufs Revier mitnahmen. Nach und nach wurde uns klar, daß die Typen alte Bekannte von ihnen waren. Es wurde hin und her geredet, und weißt du, was schließlich passiert ist, als ich nicht nachgab? Der Alte zog 20 000 Lire heraus und gab sie mir. Nicht etwa, weil er was mit dem Diebstahl zu tun habe, meinte er, sondern weil ich ihm geholfen habe, als er beinahe aus dem Tram gefallen sei, und damit ich Neapel und seine gastfreundlichen Menschen in guter Erinnerung behalte. Die Bullen lächelten dazu weise.»

Zecke wurde nachdenklich. «Weißt du, es ist mir schon während des großen Palavers siedendheiß über den Rücken gelaufen, weil mir plötzlich eingefallen war, daß ich den Tausender am Morgen gar nicht in die Hose, sondern in eine Innentasche des Rucksacks gesteckt hatte. Aber das konnte ich doch nicht gut sagen.»

Er trank seinen Whisky aus. «Ich bin ziemlich sicher, daß ich der einzige Tourist bin, der von neapolitanischen Taschendieben Geld bekommen hat. Der Alte dachte sicher, einer von den anderen habe meines. Da wird's Streit gegeben haben. Trinken wir noch einen?»

Ich sagte ja, obwohl ich wußte, daß auch der auf meine Rechnung gehen würde.

Bikerbullen

von Uta-Maria Heim

Die Leiche lag im Rinnstein. Nach ihrer Schuhgröße
zu urteilen, war sie männlichen Geschlechts. Das
sah selbst Peters, der den Tod nicht ertrug. Auch
nicht, wenn er Ledersohlen anhatte. Die trösteten
mich darüber hinweg, daß der Feierabend futsch
war. Ich sammle nämlich Klischees. Wie andere alte
Uhren sammeln. In meiner Klischeekiste hat einiges
Platz: Ein Toter lag bis dahin noch nicht darin. So
freute ich mich über meine Entdeckung, zumal sie
in einen grauen Mantel gehüllt war. Über den Kragen rann Blut. Viel Blut.

«Scheiße», sagte Peters, der mit mir Streife schob.
Er war mattgrün im Gesicht. Die Sache mit dem
Schieben ist wörtlich zu verstehen: Wir sind ökolo-
gisch der letzte Schrei. Die Fahrradpolizei schürt
das Vertrauen von Hamburg-Eimsbüttel. Im Winter, bei Glatteis. Wenn ich nun noch Nacht und Nebel erwähne, dann nur wegen meiner Klischeekiste.
Schon immer hatte ich mir dieses Bild gewünscht:
ein Mann, zusammengesunken zwischen zwei
Autos, mit einer klaffenden Wunde am Hals. Das
Blut von den Straßenlaternen nur spärlich beleuch-
tet. Von der Apostelkirche schlug es zwölf.

Peters kotzte in den Gully. Er ist ein diskreter
Bulle, auch wenn er das Biken haßt. Er haßt es fast

47

genauso wie das nächtliche Auffinden von Toten. Gewöhnlich bleibt uns das erspart. Wir sind für Falschparker zuständig und für streunende Teppichdiebe. In Eimsbüttel gibt es keine zum Mord entschlossenen Säuglinge oder meuchlerischen Stricher. Das Unrecht beschränkt sich auf Gelegenheitssünder und Ordnungswidrigkeiten. Alfred, mein Lebensabschnittsgefährte, fand das stinklangweilig. Unentwegt moserte er an meinem Job herum. Am meisten nervte ihn das saubere Image der Bikerbullen. Phantasielosigkeit, meinte Alfred, sei die direkte Voraussetzung für meinen ereignislosen Alltag.

«Jetzt tu doch was!» schrie Peters. Mit dem Funkgerät alarmierte ich die Streife. Sie saß zwei Ecken weiter in einem beheizten Audi und hörte Chris de Burgh. Wie versteinert stand Peters an die Hausmauer gepreßt, während ich mir das Bild einprägte: die Nacht, den Nebel, die Winterruhe des Wohnquartiers. Im Rinnstein der Mann mit den Ledersohlen, die zwischen aufgeweichtem Laub seitwärts zeigten, dem Pflaster zu. Als habe das Opfer den Bürgersteig erreichen wollen. Ohne Blaulicht raste die Streife rückwärts in die Einbahnstraße. Hallmann sprang heraus. Mit dem Motor erstarb de Burghs «High on Emotion». Winckel beugte sich über den Toten.

«Nichts anfassen!» rief Peters im Kommandoton. Unter Männern würde er sich nie eine Blöße leisten. Hallmann streifte sich Gummihandschuhe über und schob den Kragen des grauen Mantels zurück.

48

«Ein Biß», stellte er fest, «jemand hat ihm die Hals-
schlagader durchgebissen.» Angesichts solch präzi-
ser Befunde wollte sich auch Winckel nicht blamie-
ren. Er griff ins Innenfutter und zog eine Brieftasche
heraus. «Fünf Hunderter, eine Kreditkarte, ein Per-
sonalausweis, ausgestellt auf den Namen Durbeck,
Alfred.» Bevor Hallmann die Spezialisten kommen
ließ, rückte er seine Dienstmütze gerade. Dann
schmiß er Chris de Burgh wieder an. Wir warteten
und hauchten uns in die Hände. Es war kalt.

Was dann kam, kannte ich alles schon aus dem
Fernsehen. Lediglich unsere Fahrräder störten. Sie
sahen aufdringlich sauber aus, irgendwie phanta-
sielos. Jetzt verstand ich plötzlich, was Alfred gemeint hatte. Ich konnte es ihm bloß nicht mehr erklären. Aber sagen Sie selbst, hätte er ein besseres
Plätzchen finden können als in meiner Klischeekiste? Ein gelungenerer Aufbewahrungsort scheint
mir für die Erinnerung an Alfred bis jetzt nicht
denkbar.

Heute ist wieder so eine Nacht: rauh und durch-
setzt von süßlichem Nebel. Peters, der neben mir ra-
delt, bläst weiße Wölkchen vor sich her. Seit jenem
Mord, der niemals aufgeklärt wurde, ist er eigen-
tümlich wortkarg. Bisweilen allerdings klagt er über
Langeweile. Am meisten, sagt Peters, nerve ihn das
saubere Image der Bikerbullen. Phantasielosigkeit
sei die direkte Voraussetzung unseres ereignislosen
Alltags. Sie werden verstehen, daß ich anderer Meinung bin. Von der Apostelkirche schlägt es zwölf.

Tod im OP

von Ingolf Behrens

Professor Schneider wußte bereits, wen er vor sich hatte, als er den OP betrat. Draußen auf dem Gang hatte er den Patienten liegen gesehen und sofort wiedererkannt. Er hatte ihn auf dem Foto gesehen, das ihm der Privatdetektiv gestern vorgelegt hatte. Schneider wußte schon lange, daß seine Frau fremdging. Er hatte jedoch beschlossen, erst etwas zu unternehmen, wenn er handfeste Beweise hatte. Jetzt hatte er den Liebhaber seiner Frau durch eine schicksalhafte Fügung auf dem OP-Tisch liegen. Gott hatte dieses Leben in seine Hände gelegt.

Ein Motorradunfall. Es war ein junger Bursche, attraktiv, wie der Rasierwasserwerbung entsprungen. Genau das richtige für frustrierte Ehefrauen, zum Abreagieren.

Schneider sah sich die Schädeldecke genau an. Sie war nicht nur gebrochen, sondern zu einem großen Teil gesplittert und durchbrochen. Schneider konnte nach dem Auftrennen der Kopfhaut direkt ins Gehirn seines Nebenbuhlers schauen. In dem gekräuselten Eiweißklumpen schien Schneider nach dem zu suchen, was seine Frau in den Bann dieses Mannes gezogen hatte. Er erwartete nicht wirklich, etwas zu finden. Er ahnte, daß die Anziehungskraft dieses Jungen eher in anderen Körperteilen zu finden war. Vielleicht sollte er eine vorzeitige Autopsie am lebenden Objekt durchführen und danach suchen.

Schneider begann, die Wunde von Splittern zu befreien. Wozu eigentlich? Der Mann würde es ihm mit einem Lächeln danken und in ein paar Wochen wieder seine Frau besteigen. Da war ein langer scharfer Splitter in die Spalte zwischen die beiden Hälften des Stirnlappens gerutscht. Schneider versuchte, ihn mit der Pinzette zu fassen. Aber sie griff nicht richtig, die Klammerflächen waren zu schmal.

Schneider hielt inne. Wenn er nun ein wenig ungeschickt war, die Pinzette abrutschte, den Splitter noch etwas tiefer drückte, vielleicht so weit, daß er gerade eben die Verästelung des Nervus opticus berührte oder sogar durchtrennte? Alles war möglich. Der Mann wäre allemal stark sehbehindert, wahrscheinlich blind. Bei gleichzeitiger Verletzung des Balkenknies war sogar eine Lobotomie möglich. Dann würde der Kerl seine Frau nie wieder anfassen. Er würde nicht einmal im Traum mehr daran denken.

Schneider lächelte still über sein eigenes kleines Gedankenspiel. Noch immer hielt er den Splitter ungeschickt zwischen den Greifern der Pinzette. Ein Unfall! Er versuchte ihn unauffällig hineinzudrükken. Er konnte es nicht. Irgend etwas hinderte ihn daran. Obwohl er den Mann nach eigenem Ermessen über alles haßte, schaffte er es nicht, ihm den Splitter ins Gehirn zu treiben, auf daß er zur sabbernden, hilflosen Menschenpuppe würde.

«Schaffen Sie es nicht, Professor?» fragte der Anästhesist, der naturgemäß dicht neben ihm stand und ihn beobachtete.

«Eine breitere Pinzette!» herrschte Schneider die Schwester an, die gerade versuchte, ihm den Schweiß von der Stirn zu wischen. Sie griff mit der freien Hand erschreckt in den Besteckkasten, um ihm das gewünschte Werkzeug zu reichen. In der Bewegung rutschte ihr Fuß auf einer Lache heruntergetropften Bluts aus. Mit rudernden Armen suchte sie nach Halt: Die eine Hand griff nach Schneider, die andere trieb die Pinzette mit einer weit ausholenden Schwungbewegung in das offengelegte Hirn des Patienten. Das Besteck steckte fast bis zum Anschlag irgendwo zwischen dem Stirnlappen und dem Balkenknie. In mehreren heftigen Windungen bäumte sich der Patient auf und blieb dann liegen.

«Verdammte Scheiße», nuschelte der Anästhesist. Schneider drehte sich erleichtert zur Schwester um. «Machen Sie sich keine Sorgen. Das kann mal passieren. Das war ein Unfall. Ich werde persönlich dafür sorgen, daß er nicht an die große Glocke gehängt wird.» Der Rest der Crew nickte in stummem Einverständnis. Das hätte wirklich jedem von ihnen passieren können.

Kaffeestunde

von Barbara von Bellingen

«Sehen Sie, Jeanne», sagte der elegante junge Herr in der makellosen, weißen Perücke, «es war ganz einfach.» Er lockerte seine seidene Halsbinde, zupfte die gerüschten Spitzenmanschetten zurecht und nahm Platz auf einem der beiden vergoldeten Polstersessel, die am Teetisch standen. «Unser Problem ist gelöst, nicht wahr?» fuhr er selbstzufrieden fort. «Ich genieße die Tatsache, daß Sie mir nicht widersprechen.» Lächelnd schaute er sein Gegenüber an.

Die Frau auf dem anderen Sessel war nicht mehr jung – Ende 30 oder Anfang 40 – und auch in ihrer Jugend nie schön gewesen. Aschfarbenes Haar bauschte sich unordentlich um ihr speckfaltiges Gesicht. Ihrem teigig-blassen Teint hätte keine Farbe weniger schmeicheln können als das Zitronengelb ihres Damastkleides. Die Frau lag mehr, als daß sie saß. Ihr Kopf ruhte an der Rückenlehne des Sessels. Der offenstehende Mund und die halbgeöffneten Augen verliehen ihren erschlafften Zügen einen einfältigen Ausdruck. Um ihren Hals lag eng zusammengedreht ein Spitzenschal. Die Frau war tot.

«Es sieht Ihnen ähnlich, daß Sie so gar nichts geahnt haben», setzte der elegante Mann die einseitige Unterhaltung fort, «aber Sie hätten es wissen müssen. Sie besaßen wirklich keinerlei Reize außer

Ihrem Geld, Jeanne.» Er nahm mit spitzen Fingern ein Stück Konfekt aus der Kristallschale, die neben einem Kaffeekännchen und einer zierlichen Tasse auf dem Tisch stand. «Wenn Sie nur nicht so auf Ihrem Geld gesessen hätten», sprach er weiter, während er das Zuckerzeug in den Mund steckte und sich Kaffee einschenkte. «Sie haben doch wohl nicht im Ernst geglaubt, daß Ihre hausfraulichen Tugenden mir je imponieren würden! Überhaupt, Ihre fortwährenden Liebesbeweise und Annäherungsversuche. Sehr lästig!»

Er nahm einen großen Schluck Mokka, schenkte sich ein zweites Mal ein, fügte einen Löffel Zucker bei und rührte gründlich um, ehe er trank. «Nun, das ist vorbei», sagte er und stellte die Tasse ab. «Drei Jahre Ehe mit Ihnen waren wirklich genug, um die Form zu wahren. Ihr devotes Benehmen, Ihre ewigen Vorhaltungen – Sie gehen mit dem Geld zu großzügig um, Maxime! – Wollen Sie nicht wenigstens diese Nacht einmal mit mir verbringen? –, all das hat nun ein Ende, Gott sei's gedankt. Und Ihnen, Madame, habe ich dafür zu danken, daß Sie mir die Angelegenheit erleichtert haben.»

Er kicherte und genehmigte sich den Rest des Mokkas. «Hätten Sie nicht höchstselbst die Dienstboten allesamt in unser Landhaus geschickt, um das unvermeidliche Sommerfest vorzubereiten – wer weiß, wie lange ich noch auf eine günstige Gelegenheit hätte warten müssen!» Er warf der Toten spöttisch eine Kußhand zu. «Wie ich Sie kenne, Sie unbelehrbares Dummchen, hatten Sie sich eine Lie-

besnacht mit mir erhofft. Na», er grinste, «ein Schä-
ferstündchen ist es nicht gerade geworden. Aber dafür sind wir ungestört. Mir bleibt genügend Zeit, Sie
ins Schlafzimmer zu befördern, Ihren Schmuck an
mich zu nehmen und einen Einbruch vorzutäu-
schen. Morgen, wenn die Kutsche kommt, um uns
abzuholen, wird man Sie ermordet in unserem Bou-
doir auffinden, und ich werde tief erschüttert sein.
Ich weiß ja von nichts. Denn ich habe die Nacht mit
guten Freunden verbracht, beim Kartenspiel, wie
gewöhnlich.»

Der elegante Herr erhob sich aus dem Sessel und
ging zur Anrichte. «Einen Branntwein nehme ich
noch, bevor wir uns auf den Weg ins Schlafzimmer
machen», sagte er. «Ihr Mokka war diesmal zu stark
und zu bitter, Madame.» Er füllte ein Glas aus der
bereitstehenden Karaffe, kippte es hastig hinunter
und wandte sich der Leiche zu. Mit energischem
Griff schloß er der Toten die Augen, hievte sie vom
Sessel und wuchtete sie sich auf die Schultern.

Auf dem Korridor packte ihn der erste mörderi-
sche Krampf. Sein Herz begann zu hämmern, er
rang nach Luft, ließ den Leichnam von den Schultern gleiten. Der zweite Krampf zwang ihn nieder.

Unkontrolliert zitterten seine Muskeln, der Atem
stockte. Aber seine Sinne funktionierten so scharf
wie nie zuvor. Seine tote Frau lehnte in sitzender
Stellung vor ihm an der Wand. Eines ihrer Augen
hatte sich wieder geöffnet – das sah er genau. Es
schien, als zwinkerte sie ihm mit einem fast unmerk-
lichen Lächeln zu.

Man kann nicht vorsichtig genug sein

von Edward Wellen

Detective Sergeant Walter Garber näherte sich dem Tatort mit der Achtsamkeit eines Muslims beim Betreten einer Moschee. Die Schuhe zog er zwar nicht aus, doch er machte das Nächstbeste: Er trat hart auf, um den Schmutz abzuschütteln.

Er hielt der Wache haltenden Uniform seinen Ausweis hin. Auf dem Messingschild an der Tür stand «Sidney Jellinek, Buchprüfer». Garber war bereits die Polizeiplakette des Fahrrads aufgefallen, das vor dem Einfamilienhaus stand. Auch das Namensschild des frischgebackenen Polizisten und die Röte seines Gesichts hatte er registriert. «Haben Sie die Leiche gefunden, Bakst?» «Ja, Sergeant Garber. Ich war mit dem Rad auf Streife, als über Funk reinkam: ‹Möglichen Selbstmord überprüfen.›»

Garber nickte. Ein Mann, der seinen Namen mit Sidney Jellinek angab, hatte der Beraterin vom Selbstmordnotruf gesagt, er werde sich umbringen, und aufgehängt, bevor sie den Versuch machen konnte, es ihm auszureden. «Und?» «Ich hab' geklingelt; keine Antwort. Ich hab' geklopft – die Tür ging auf. Ich rief: ‹Polizei!› Wieder keine Antwort, also bin ich reingegangen.» Bakst schluckte hart. «Er hängt im Wohnzimmer. Es war offensichtlich, daß er tot war . . .»

Garber nickte; daß die Schließmuskeln sich im Tod geöffnet hatten, konnte man bis zur Tür riechen. «Sie haben ihn nicht losgeschnitten?» Bakst schüttelte den Kopf. Gut. Einem Mann allein wäre es nicht möglich gewesen, einen Erhängten loszuschneiden, ohne Spuren zu verwischen. Und ob ein Neuer wußte, daß man den Knoten nicht zerstören durfte? «Ich hab's gleich telefonisch durchgegeben.» Stolz: «Ich hab' mein Taschentuch benutzt.» «Toll. Damit haben Sie allfällige Abdrücke verschmiert.»

Baksts Gesicht färbte sich flammend rot, doch Garber ließ nicht locker. «Und wenn es Mord war? Es könnte ja einer Jellinek aufgeknüpft und dann beim Notruf angerufen und sich als Jellinek ausgegeben haben. Man kann nicht vorsichtig genug sein.» Garber zog sich Plastikhandschuhe über und zeigte mit dem Kinn auf die Tür. «Gehen Sie voran.»

Vor dem Wohnzimmer wurde Bakst langsamer. Garber ging an ihm vorbei und blieb in der Tür stehen. Jellinek drehte sich sanft im von ihnen verursachten Luftzug.

Garber las die Spuren. Jellinek war auf einen Schemel gestiegen, hatte ein Seil an der Verankerung der Lampe befestigt, sich die Schlinge um den Hals gelegt und den Schemel unter sich weggetreten. Der Schemel war gegen einen Beistelltisch gefallen, wodurch eine Vase auf dem Parkett in tausend Stücke zersprungen war. Kein Abschiedsbrief zu sehen. Nicht alle Selbstmörder schrieben Abschiedsbriefe, aber . . . Garber betrachtete den Beistelltisch eingehender. Er schien verrückt worden zu sein. Ein Streifen an der Wand auf der Höhe des Tischblatts und vier Druckstellen auf dem Boden zeigten, wie weit. Die Zeichen sprachen für Mord. Die Vase war bei einem Kampf umgeworfen worden, und der Mörder hatte den Tisch verschoben, um die Spuren zu verwischen.

Garber hörte Sirengeheul. «Bringen wir's hinter uns, bevor der Untersuchungsrichter und der Gerichtsmediziner angerückt kommen. Gestehen Sie?» Bakst zuckte zusammen. «He, Moment mal, Sergeant. Ich hab' ihn nicht umgebracht. Ich hab' ihn noch nie gesehen. Er war tot, als ich . . .» «Bakst, Bakst, Bakst. Ich frage Sie bloß, ob Sie mir nicht noch etwas mehr zu sagen haben.» Er sah dabei nicht Bakst an, sondern die Scherben der Vase.

Mit einem großen Seufzer sagte Bakst: «Ja, Sergeant. Als ich den Typen da hängen sah, sind mir die Knie weich geworden, und ich hab' nach dem Tisch gegriffen. Da fällt die Vase runter und geht kaputt. Ich dachte, ich sag' lieber nichts davon.» «Auch wenn aus einem Selbstmord ein Mordfall geworden und jemand, der was gegen Jellinek hatte, drangekommen wäre?» «Ehrlich, Sergeant, daran hab' ich nicht gedacht. So weit hätte ich es nicht kommen lassen.»

«Hoffentlich nicht, Bakst. Manchmal kann man doch zu vorsichtig sein. Seien Sie nie mehr so um sich besorgt, sonst könnte es Ihrer Karriere so ähnlich gehen.» Sie blickten beide auf die Scherben.

Aus dem Amerikanischen von Thomas Bodmer

Redwood Beach

von Christa Hein

Heute fand ich am Strand ein verregnetes Tagebuch. Direkt vor einem Zelt, das über den Winter offensichtlich vergessen worden war. Schlafsack, Radio, sogar verschimmelte Essensreste waren noch darin. Merkwürdig berührt las ich:

«Eine solche Einsamkeit, wie man sie hier auf der Halbinsel findet, ist selten geworden. Die Sommergäste sind abgereist, außer mir haben nur noch zwei andere Männer ihr Zelt hier aufgeschlagen, am weitest entfernten Punkt. Manchmal begegnen wir uns beim Wasserholen und nicken uns zu. Tag und Nacht das Rauschen des Pazifiks, nachts dieser unvergleichliche Sternenhimmel. Doch all dies kann ich nicht mehr genießen. Seit gestern beunruhigt mich etwas, und ich habe mich entschlossen abzureisen. Aber ich will mich zwingen, genau zu sein.

Der Strand geht über in ein Steilkliff, auf dem riesige Redwood-Wälder stehen, jene steinalten Baumriesen, die den Menschen wie ein Nichts erscheinen lassen. Seit weniger als hundert Jahren erst ist dieses Gebiet zugänglich. Den Indianern, die man von hier vertrieben hat, ist das Territorium heilig. Ihre Totengötter sollen in den Bäumen leben, erzählt man, und sich von Zeit zu Zeit Menschenopfer holen. Zum Glück bin ich nicht abergläubisch.

Gestern also lief ich den Strand in nördlicher Richtung entlang. Etwa vier Meilen von hier tritt aus dem Wald ein Fluß, der in den Pazifik mündet. Ich wollte seinem Lauf ein Stück weit landeinwärts folgen. Kurz bevor ich an seine Mündung kam, bemerkte ich meine beiden Bekannten vom Zeltplatz, die offenbar die gleiche Idee gehabt hatten. Wenn ich eines hasse, dann ist es Gesellschaft, wenn ich alleine sein möchte. So entschloß ich mich, zu warten und ihnen einen Vorsprung zu geben. Nach einer halben Stunde etwa folgte ich ihren Spuren.

Kurz hinter dem Strand erheben sich die Wände des Kliffs, in das der Fluß den Canyon geschnitten hat. Die Morgensonne erreichte ihn gerade, das flache Wasser im breiten Bett aus Kieseln und Steinen war lichtdurchflutet bis auf den Grund. Die Wände des Canyons waren mit Farnen und Moosen so dicht bewachsen, daß sie aussahen, als seien sie mit Teppichen behangen. Winzige Wasserströme rannen daran herab, und die Tropfen glänzten in der Sonne. Je weiter ich eindrang, desto enger wurde die Schlucht. Langsam verwandelte sich der breite Wasserlauf in einen schmalen, schnellen Bach. Die Felswände, auf denen hoch über mir die Redwoods aufragten, schlossen das Licht zunehmend aus, und die sonnenbeschienenen Pflanzenteppiche gingen über in ein feuchtkaltes grünes Dämmerlicht. Das Wasser rauschte jetzt so laut, daß nichts anderes mehr zu hören war.

Nach etwa einer Meile machte die Schlucht, die inzwischen so eng war, daß ich immer häufiger mit den Schultern gegen die Felswände stieß, einen scharfen Knick. Plötzlich stand ich vor einer Felswand, in der sich eine Nische befand. Der Weg war zu Ende.

Das Wasser schoß aus dem Gestein hervor. Ein beißender Geruch schlug mir entgegen. Verbranntes oder wie von einer Raubkatze im Zoo. Ich spürte, wie sich sämtliche Härchen auf meiner Haut senkrecht stellten. Panikartig kehrte ich um. Ich stolperte das schmale Ufer zurück, ohne darauf zu achten, daß ich in meiner Hast immer wieder danebentrat und bis zu den Oberschenkeln durchnäßt wurde. Dann weitete sich der Canyon, das Tosen des Wassers verstummte mit einem Schlag, und ich sah wieder die langen, lautlosen Fäden aus Wassertropfen über die Farne und Moose rinnen.

Ich war froh, endlich auf den Strand zu gelangen, über den der Fluß in flachen Schlaufen ins Meer fließt. Auf dem Weg zum Zeltplatz versuchte ich, den Gedanken an die Männer zurückzudrängen. Es konnte nicht sein. Sicher gab es eine andere Erklärung für alles. Auf dem Platz war niemand zu sehen.

Sie sind gestern abend nicht zurückgekehrt. Auch in der Nacht nicht und nicht am heutigen Tag. Soll man mich nennen, wie man will: Ich jedenfalls reise ab.» Die Notizen endeten hier. Ich untersuchte das Zelt. Ein beißender Geruch wie von Verbranntem schlug mir aus seinem Innern entgegen.

Unangemeldeter Besuch

von Ulrich Knellwolf

Bauer kam um halb elf von der Sitzung der General-
direktion zurück. «Ich will bis elf nicht gestört werden», sagte er zur Vorzimmerdame und schloß hinter sich die Türe. Er mußte endlich ein paar Minuten
verschnaufen.

Erst nachdem er sich hinter seinen Schreibtisch
gesetzt hatte, sah er den Mann, der im Sessel am
Fenster saß. Die Vorzimmerdame hatte nichts von
einem Besucher gesagt.

«Was tun Sie hier?» fragte Bauer erstaunt.

Der Mann erhob sich. Er war etwa gleich groß
und gleich alt wie Bauer, also Mitte Fünfzig, aber
breiter als er, eckig, um nicht zu sagen vierschrötig.
Bauer fielen seine großen Hände auf.

«Sie heißen Bauer?» fragte der Mann.

«Ja», sagte Bauer.

«Aber Sie sind nicht Bauer.»

«Wenn Sie damit meinen, daß ich nicht als Bauer
arbeite . . .»

«Ich heiße auch Bauer», sagte der Mann, «und ich
bin Bauer. Wir kannten uns vor vielen Jahren, als
wir beide Kinder waren. Wir haben miteinander gespielt. Sie wollten immer Bauer spielen.»

«Ich erinnere mich nicht an Sie», sagte Bauer.
«Kann ich etwas für Sie tun?» Bauer dachte an den

Alarmknopf neben seinem linken Knie, verzichtete aber darauf, ihn zu drücken.

«Ich weiß nicht, ob Sie noch etwas für mich tun können», sagte der Bauer, der jetzt vor Bauers Schreibtisch stand. «Wieviel, meinen Sie, ist ein Menschenleben wert?»

«Ein Menschenleben? Ich denke, ein Menschenleben hat einen unendlichen Wert.»

«Dann müßten Sie mir alles geben, was Sie haben. Mindestens. Sie sind mir nämlich mein Leben schuldig.»

«Wie kommen Sie denn darauf? Da könnte ja jeder daherkommen und behaupten . . .»

Der Bauer stand bewegungslos auf der anderen Seite des Schreibtisches. «Wollten Sie nicht Bauer werden, als Sie klein waren?»

«Ja. Natürlich wollte ich. Alle kleinen Buben wollen einmal Bauer werden. Was hat das mit Ihrem Leben zu tun?»

«Ich bin der, der Sie einmal werden wollten und dann nicht geworden sind. Bauer wollten Sie werden, aber als Sie größer waren, setzte man Ihnen den Floh mit der Bankkarriere ins Ohr. Die machte Ihnen Eindruck. Da haben Sie mich in die Ecke gestellt und vergessen. Damit haben Sie mir mein Leben verpfuscht, mich von meinem Boden vertrieben und um Haus und Hof gebracht. Ruiniert haben Sie mich, Bauer. Ich verlange von Ihnen Schadenersatz für mein nicht gelebtes Leben.»

«Das ist der größte Unsinn, den ich je gehört habe!» rief Bauer. «So etwas gibt es nicht.»

Der Bauer schaute ihn an. «Ich bin nur einer. Vor der Türe stehen die andern. Der Kaminfeger, der Lokomotivführer, der Kunstmaler, der Schauspieler, der Mann Ihrer ersten Freundin und viele andere mehr.» Er ging zur Türe, öffnete sie, und herein strömte eine solche Menge von Leuten, daß in Bauers Büro kaum mehr zu atmen war.

«Wir verlangen von Ihnen unser Leben», sagte der Bauer. Er hielt jetzt eine Pistole in der Hand.

«Ich lasse Sie alle hinauswerfen!» schrie Bauer und tastete mit dem linken Knie nach dem Alarmknopf. Da schoß der Bauer.

«Herzinfarkt», stellte der Notarzt fest.

«War jemand bei ihm?» fragte der Polizist die Vorzimmerdame. Um fünf nach elf hatte sie Bauer tot hinter seinem Schreibtisch gefunden.

«Niemand. Er hatte ausdrücklich verlangt, bis elf nicht gestört zu werden.»

Nachtfahrt

von Karr & Wehner

Eine Hurenfahrt, na klar. Sie blond, Ledermini und rote Bluse, dickes Make-up mit Rouge und langen Wimpern.

«He, Frollein, fahr'n Sie, Holsterhausen, Klinikum, ja?»

Der Typ scheint nicht mehr ganz klar zu sein, ist mir fast in den Wagen gefallen, als die beiden im Segeroth eingestiegen sind. Das Milieu kennt man ja: Nordhofstraße, gleich neben Krupp. Früher das größte Puff in der Republik.

Rolf liegt zu Hause im Bett, und ich darf durch die Nacht kutschieren. Wagen 19, Angelika Weber auf Nachtschicht, weil ihr Lover frisch aus dem Knast kommt. Der Asphalt summt unter den Reifen des Daimlers. Halb drei, nachts.

«He, Frollein, halten Sie mal.»

Kaum steh' ich, da ist die Blonde schon raus und weg. Der Typ hinten sagt nichts. Ich dreh' mich gerade um, als er mir entgegenfällt.

Glasige Augen, kaltes Gesicht, Blut auf dem Hemd. Sieht wie eine Stichwunde aus. Das muß die Blonde gewesen sein.

Ihre Handtasche liegt noch auf der Rückbank. Sicher, man soll nichts anfassen, aber trotzdem. Lippenstift, Puder, Schlüssel, Tampons, Kaugummi und eine Plastikhülle mit Papieren. Bockschein auf den Namen Helga Werz, Nordhofstraße 24, ein Foto.

Die Innenbeleuchtung ist mies, aber trotzdem – auf dem Bild, das ist doch Rolf. Arm in Arm mit der Blonden, am Strand. Er hat den Schnauz noch nicht, aber diese langen schwarzen Haare, Locken wie ein Engel. Er sieht jünger aus. Die Blonde im Bikini schmachtet ihn an.

Was hat Rolf mit der Blonden zu tun? Ein Kollege brettert vorbei und blinkt mich mit der Lichthupe an. Stehenbleiben kann ich hier nicht, also fahre ich los.

«Bloß keine Probleme!» hat Rolf gesagt, als er bei mir eingezogen ist. Erst mal wieder Fuß fassen.

Wenn ich die Bullen hole, werden die nach der Blonden suchen. Das Foto interessiert die bestimmt auch. Das Foto muß verschwinden. Ich nehm's aus der Hülle raus und steck's in meine Geldtasche. Aber wenn die Bullen die Blonde schnappen, erzählt die vielleicht was von Rolf. Also kein Wort über sie. Und wie erklär' ich den Bullen, wie der Tote in meinen Wagen gekommen ist?

Rüdesheimer Platz. Vorn die Kleingartenanlage. Rechts ran und scharf nachgedacht. Keine Probleme – also: keine Leiche in meinem Wagen, keine Blondine, keine Fragen.

Ich muß den Typ rausschmeißen und weiterfahren, als wäre nichts gewesen. Okay, aussteigen, rechte Hintertür auf. Der Typ rutscht heraus. Schwer ist er nicht. Lederjacke, Goldschmuck, eine

66

teure Uhr. Ich lege ihn unter die Sträucher – und dann nichts wie weg.

Die Handtasche von der Blonden liegt auf dem Beifahrersitz. Helga Werz, Nordhofstraße 24, steht auf dem Gesundheitszeugnis. Sie ist also anschaffen gegangen. Und der Tote mit seiner Rolex . . ., ihr Zuhälter? Und was hat Rolf mit der ganzen Kiste zu tun?

Ich will das jetzt wissen. Die Blonde muß mir was erzählen. Der ist mir ja beinahe in den Wagen gefallen, und die Blonde wollte zum Klinikum – da muß er seine Stichwunde schon gehabt haben.

Links geht die Nordhofstraße ab.

Blaulicht flackert. Ich brauch' gar nicht nachzusehen, um zu wissen, daß es die Nummer 24 ist, vor welcher der Notarztbus und die Streifenwagen stehen. Auch einer von der Zeitung turnt herum.

«Bei der Werz haben sie einen kaltgemacht», heißt es.

«Streit hat's gegeben», sagt eine von den Huren. «Der Kunde hat die Helga wohl von früher gekannt und wollte was von ihr. Da ist der Harry dazugekommen, ihr Zuhälter . . . Tja, mit dem Messer . . .»

Jetzt kommen die Sanitäter mit der Trage raus. Einer liegt drauf, das Laken überm Gesicht. Als das Laken runterrutscht, fotografiert der Pressemensch. Ich seh' nur ein kariertes Hemd und schwarze Locken, wie von einem Engel.

«Mit dem war die Helga mal verheiratet», sagt jemand.

Ich muß nach Hause. Bestimmt ist Rolf da. Bestimmt.

Karlsruher Verklärung

von Hen Hermanns

Am zehnten Tag begann sich Knauff zu langweilen. Genau deshalb war er hier, in einer komfortablen Hotelanlage an der Nordküste Kretas. Kein Luxus, aber teuer genug, um Proleten abzuschrecken. Er hatte ein Jahr Streß hinter sich und wollte sich 14 Tage so langweilen, daß er freudig zum Streß zurückkehren würde.

Inzwischen kannte er jedes Gesicht, jede Speckfalte und jede Marotte seiner Mitgäste. Einigen hatte er bereits Namen gegeben. Das Gnu, eine braungebrannte Blondine mit ständig leicht offenstehendem Schmollmund, der ihr das erstaunte Aussehen eines Wiederkäuers gab. Die Flintstones, eine bizarr verfettete Familie aus dem Rheinland. Der Kampfzwerg, ein aggressiv blickender laufender Meter, der immer ein giftgrünes Necessaire unter den Arm geklemmt hatte.

Und dann war da noch das schwammige Paar aus Karlsruhe. Die beiden lasen abwechselnd in einer bereits leicht abgegriffenen Ausgabe der Zeitschrift «Eltern». Die Frau war so unförmig, daß man nicht sagen konnte, ob sie bereits schwanger war oder hier auf Kreta geschwängert werden sollte. Jeden Tag zogen die beiden endlose Bahnen im Pool. Dabei trugen sie Sonnenbrillen und lächelten derma-

ßen huldvoll-triumphal-blöde in alle Himmelsrich-
tungen, daß Knauff ihnen den Namen Karlsruher
Verklärung verpaßt hatte.

Knauff hatte sie noch nie getrennt gesehen. Aber
heute kam die Frau allein zur Liegewiese. Sichtlich
nervös blickte sie sich suchend um. Der Liegestuhl,
in dem sich ihr Göttergatte sonst räkelte, war leer.
Im Pool sah Knauff nur Faxman, einen lärmenden
Geschäftsmann aus Saarbrücken, den Kampfzwerg
und einen vorlauten Jungen, den er der Kleinfamilie
Dresdner Abschaum zuordnete.

Die Frau ging zu Christos, dem Vermieter der Lie-
gestühle und Sonnenschirme, und redete auf ihn
ein, aber der zuckte nur mit den Achseln. Knauff öffnete eine kleine Vitell-Flasche, die er mit Raki-
Schnaps gefüllt hatte, und nahm einen Schluck. Als
die Frau wieder an ihrem Liegestuhl stand, ging er
hin und fragte, ob es Probleme gebe. Sie erklärte mit
breitem schwäbischem Akzent, ihr Mann sei seit
einer Stunde verschwunden. Knauff fragte nach
ihrem Namen und versprach, sich ein wenig umzu-
sehen.

Die Frau am Schalter des Autoverleihs sagte ihm,
Herr Ettenkofer habe gestern in aller Frühe für
heute einen Jeep gemietet und den auch abgeholt.
Für weitere 1000 Drachmen verriet sie, daß Ettenko-
fer nicht allein gefahren sei. Ihre Beschreibung der
Begleitperson ließ auf das Gnu schließen.

Knauff machte es spannend. Er bat Frau Ettenkofer auf sein Zimmer, zauberte eine Flasche Retsina
aus dem Kühlschrank, öffnete sie umständlich mit

dem Korkenzieher seines Schweizer Armeemessers, schenkte zwei Gläser ein und ließ dann genüßlich die Bombe platzen.

Die Frau weinte und bat um Kleenex-Tüchlein. Als Knauff aus dem Bad zurückkam, war sie verschwunden. Er trug die Flasche auf den Balkon und trank sie aus. Herrlich, dieses Pack, dieses pralle, dumpfe, schwabbelige Leben, diese tödlich langweilige Mittelmäßigkeit.

Am elften Tag war Ettenkofer wieder da und zog mit seiner Frau die üblichen Rituale durch, als wäre nichts geschehen.

Das Gnu blieb allerdings verschwunden. Man fand sie schließlich an einer weit vom Hotelgelände entfernten Stelle des Strands. Ettenkofer wurde von der Polizei abgeholt. Knauff war begeistert. Köstlich, diese miesen kleinen Schicksale.

Unzählige Messerstiche – es sprach sich schnell herum. Der Täter hatte zugestochen, bis die Klinge abgebrochen war. Aber am zwölften Tag war Ettenkofer wieder da. Wer war es dann gewesen?

Am dreizehnten Tag nahm die Polizei Knauff am Rande des Swimmingpools fest. Der Sohn des Dresdner Abschaums hatte das zur Klinge gehörende Schweizer Armeemesser in der Nähe des Tatorts gefunden. Knauffs Name war darin eingraviert, und jetzt erinnerte er sich natürlich daran, daß er es verlegt und danach gesucht hatte.

Als er zum Pool hinübersah, wurde ihm sofort klar, was geschehen war, und daß sich auf dem Messer nur seine Fingerabdrücke befinden würden.

70

Die Karlsruher Verklärung zog ihre gewohnten endlosen Bahnen, die Sonnenbrillen des Paars blitzten, und sie lächelten ihm ihr triumphal-huldvoll-blödes Lächeln zu.

Alternative Diät

von Gabriele Gelien

Ihr Blick fällt auf die Zeitung, hinter der sich ihr Mann verborgen hält. Die letzte Seite: teilweise illustrierte Witze füllen das Blatt. «Was macht eine Frau morgens mit ihrem Arsch?» liest sie und wendet sich peinlich berührt der Kaffeemaschine zu. «Sie ignoriert ihn», murmelt sie vor sich hin. «Schlimm genug, daß der eigene Mann sich immer wieder draufstürzt und ihn malträtiert.» Dabei weiß er genau, daß sie diese Art Sex nicht schätzt. Überhaupt, wenn es nach ihr ginge, wäre der gesamte Sex längst gestrichen.

Der Kaffee läuft automatisch durch und bedarf keinerlei Aufmerksamkeit. Also nimmt sie den Einkaufszettel und einen Stift zur Hand. «Milch, Käse», notiert sie, ohne nachzudenken. Dann erstarrt die rechte Hand.

«Klopapier!» stöhnt sie, schon wieder daran erinnert.

«Was meintest du?» fragt er pflichtbewußt nach.

«Schon in Ordnung, laß dich nicht stören», entgegnet sie und versucht, auf andere Gedanken zu kommen. Weshalb gelingt ihr heute nicht, was sie sonst zweimal die Woche schafft: konsequentes Nicht-daran-Denken? Nur so kann sie ihr Leben meistern.

Hektisch zerknüllt sie den Einkaufszettel, wirft ihn in den Müllschacht und gießt den Kaffee ein. In 20 Minuten wird er aufstehen, sich anziehen und bis Viertel vor sieben das Haus verlassen. Spätestens dann kann sie sich Eigenem zuwenden. Immerhin ist es nun bis morgen abend überstanden. Montags, mittwochs und wahlweise freitags oder samstags schläft er mit ihr. Daß sie nicht das Gefühl eines Miteinanders hat, scheint ihn nicht zu bekümmern.

«Diät», schreibt sie auf den nächsten Zettel und ist damit erneut bei diesem leidigen Thema angelangt. Der dralle Hintern, den ihr Mann so schätzt, muß weg. Zahllos und vergeblich sind ihre Versuche abzunehmen bislang gewesen. Oft genug hat er ihr ins Ohr gestöhnt, daß sie ohne ihr ausladendes Gesäß keinen Reiz mehr für ihn habe.

Ihr wird richtiggehend übel, so sehr vereinnahmen diese unangenehmen Gedanken ihren Körper. Sie springt auf und läuft ins Badezimmer. Die Frau im Spiegel sieht nicht älter aus, als sie ist. Doch wenn sie es nicht schafft, das Objekt seiner regelmäßigen Begierde abzuspecken, wird sie im Nu altern! «Diät!» ruft sie sich in Erinnerung. «Noch eine Viertelstunde, und ich bin allein zu Hause! Verdammt, Abflußreiniger muß ich auch besorgen!» Angeekelt mustert sie die tadellos gepflegte Toilette, die Tränen kann sie nicht mehr zurückhalten.

Matt schimmert der porzellanweiße Sockel, und auch die Bürste mit Keramikgriff, farblich abgestimmt mit dem blumentopfähnlichen Behälter, bedarf nicht wirklich einer Reinigung. «Diät!» ermahnt sie ihr Spiegelbild und wischt die Tränen ab.

In der Küche raschelt ihr Mann mit der Zeitung. Jedesmal, wenn sie während des gemeinsamen Frühstücks den Raum verläßt, zitiert er sie so zurück. Sie erstarrt und wartet auf das «Brigitte, wo bleibst du denn?», das ihrem Nichtreagieren folgen wird. Sie will nicht parieren. Doch noch ehe ihr dies bewußt wird, hat sie schon, wie immer, die Klospülung betätigt und den Wasserhahn aufgedreht. Zunehmend wütend auf sich selbst, läßt sie zwei Döschen mit Creme gegeneinanderklackern, lauscht und schüttelt dann das Zahnputzglas samt -bürsten. Sie verharrt mit angehaltenem Atem. Nichts geschieht – bis ein plötzlicher Hustenreiz die Stille unterbricht.

«Brigitte, wo bleibst du denn?» fragt es ungehalten aus der Küche. Er wartet auf das obligatorische Küßchen in den Nacken.

Mit beiden Händen hebt sie den schweren Behälter der Klobürste auf. Er dreht sich nicht einmal um, als sie in die Küche kommt und hinter ihn tritt.

Mit voller Wucht läßt sie den Behälter auf seinen Kopf niedersausen und springt dann zur Seite, damit er sie im Sturz nicht noch einmal berühren kann. Ihr Blick fällt auf die ordentlich zusammengefaltete Zeitung. «Was macht eine Frau morgens mit ihrem Arsch?»

«Sie kocht ihm Kaffee und schickt ihn zur Arbeit!»

Bei Gelegenheit

von Peter Schmidt

Das Boot schwamm knapp hundert Meter vor der
Küste, und Steiger hätte seinen rechten Arm darauf
wetten mögen, daß eben noch ein schlankes blondes
Mädchen darin gesessen hatte. Die Sicht war klar,
das Sonnenlicht ließ die Konturen vor dem harten
blauen Himmel des Horizonts fast überdeutlich her-
vortreten, und weder nahe der Küste noch weiter
draußen auf dem unbewegten Meer schwamm ir-
gendein anderes Segelboot, das die Sicht versperrte.
Sein rechter Arm wäre ein hoher Preis gewesen; den
linken hatte er bei einem Rennen in Monte Carlo in
der Nordkurve verloren.

«Sehen Sie das Boot da draußen?» fragte er den
Kellner des Cafés. «Ja, natürlich», sagte dieser.
«Möchte wetten, daß eben noch ein Mädchen an
Deck war.» Steiger legte ein paar seiner letzten
Francs auf den Tisch, stand auf und ging neugierig
zum Geländer der Terrasse hinüber. Er gab dem
Kellner ein Zeichen, daß er sich um das verschwun-
dene Mädchen kümmern würde. Da er vom Segeln
wenig verstand, nahm er unten am Bootssteg keine
Jolle, sondern eines jener leichten Motorboote mit
Elektroantrieb, die wegen ihres flachen Vordecks
gerne als Badeinseln benutzt wurden. Er war etwa
15 Meter von dem leeren Segelboot entfernt, als

Wind aufkam. Steiger manövrierte das Elektroboot so, daß er anlegen konnte. Dabei lehnte er sich ein wenig zu weit hinaus – und schrak zurück. Er konnte nicht schwimmen mit nur einem Arm. Als er in das andere Boot hinüberkletterte, stieß sein Fuß gegen den Starter des Motors, und das Mietboot machte sich mit leisem Surren davon.

Steiger sah ihm nachdenklich nach. Er hatte das gleiche Gefühl wie damals beim Verlust seines Armes auf der Rennstrecke: Ab jetzt würde nichts mehr so sein wie früher. Auf der Sitzbank im Boot lag ein offenes Ledertäschchen voller Geld. Und das Collier in dem einen der beiden Damenschuhe unter dem Sitz mußte mindestens 30 000 Francs wert sein.

«He!» sagte eine Frauenstimme im Wasser nahe der Bordwand. «Sie verdammter kleiner Gauner – was haben Sie in meinen Sachen zu suchen?» «Großer Gott», meinte Steiger erleichtert. «Ich dachte schon, Sie seien ertrunken.» Das Mädchen trug eine Taucherbrille über dem strähnigen blonden Haar. «Machen Sie, daß Sie von meinem Boot kommen . . .!» «Gern, wenn ich bloß wüßte, wie. Mein Boot ist weg. Leider kann ich nicht schwimmen, Gnädigste.» «Nennen Sie mich nicht Gnädigste, verdammt noch mal . . .» «Oh, Verzeihung. Würden Sie wohl so freundlich sein, mich ans Ufer zu bringen?» «Das könnte Ihnen so gefallen, was? Wir beide in einem Boot . . . Wenn Sie nicht sofort verschwinden, rufe ich die Polizei.» «Dann versuchen Sie's doch», sagte Steiger in einem Anflug von Ärger. «Das Ufer ist weit.» «Werd' ich», sagte das Mädchen im Wasser. «Sofort sogar, Sie verdammter einarmiger Penner.»

Drohend ließ sie die Bordwand los. «Halt, warten Sie», sagte Steiger. «Nehmen Sie wenigstens den Schwimmring mit, das ist sicherer.» Als er sich mit dem Ring über die Bordwand beugte, wurde ihm aber wegen der Wellen und des Ärgers übel. Ihre ausgestreckte Hand verfehlte er. «Sie einarmiger Penner!» sagte das Mädchen. «Was soll das? Wollen Sie mich verschaukeln?» «Nein, ich bin nur etwas . . .» «Hab's ja geahnt», meinte sie. «Spielt mit mir ‹Ertrinken›, der miese kleine Gauner.» Steiger starrte eine Zeitlang irritiert auf den Rettungsring in seiner Hand, dann riß er mit dem Ring den Kopf des Mädchens heran und griff nach ihren langen blonden Haaren. Er ließ ihren Schädel drei- oder viermal hart gegen die Bordwand krachen. Ihr Körper sank leblos ins Wasser zurück, als er ihn losließ.

Er blickte prüfend zum Ufer hinüber. Auf der Caféterrasse war niemand zu sehen. Bis auf ein paar kleinere Geldscheine und die beiden Kreditkarten nahm Steiger alles aus dem Ledertäschchen und steckte es zusammen mit dem Collier ein. Im Schuh fand er einen massiven Goldring, der gut und gern 3000 bringen würde. Dann machte er sich daran, zum Ufer zurückzusegeln. Er brauchte mehr als eine Viertelstunde dafür. Denn es wehte nur eine schwache Brise, und beim Aufkreuzen kam er ein paarmal aus dem Wind.

Gnadenfrist

von Jürgen Benvenuti

Du riechst nach Verwesung, sagte er. Sie sah ihn aus den Augenwinkeln heraus an: lange Haare, enges T-Shirt und braune Beine, die in abgeschnittenen Jeans steckten. Sie drückte den Zigarettenanzünder hinein und kramte mit der rechten Hand in der Ablage nach einer Kippe, in der Linken hielt sie das Lenkrad. Die glühende Metallspirale berührte kurz das Zigarettenende. Sie nahm einen tiefen Zug und hielt ihm den Anzünder hin. Er winkte ab, setzte eine Sonnenbrille auf und ließ sich den Fahrtwind durch die Haare wehen.

Er war 17 oder 18, hatte ein paar Bartstoppeln im Gesicht, einen Ring im linken Ohrläppchen. Zwei Knochenenden neben dem Kiefer eines Totenkopfs schauten auf seinem linken Oberarm aus dem T-Shirt hervor.

Sie hatte ihn auf einem Autobahnparkplatz aufgelesen, mitten in der Nacht. Zwei Holzbänke, eine Pißbude, ein paar Mülleimer. Er lag im Gras und rauchte einen Joint. Sie stellte ihr Cabrio ab und ging aufs Klo. Als sie wieder herauskam, saß er im Wagen, den Joint im Mundwinkel, und sagte, du hast doch nichts dagegen, Schätzchen, ich muß in dieselbe Richtung. Sie schaute ihn kurz an, dachte, warum nicht, und stieg ein.

Ich fahre nicht mehr weit, meinte sie. In einer halben Stunde kommen wir zum Hotel, und da ist dann Endstation. Besser als nichts, sagte er, zündete sich eine Zigarette am Stummel des Joints an und holte eine Kassette aus seinem Rucksack. Er steckte sie in den Recorder und drehte voll auf: «Killing hurts, has to be done.»

Nach ungefähr 20 Minuten kamen sie zu einem Hotel. Er hatte sie die ganze Zeit angestarrt, war lange bei ihrem Ausschnitt hängengeblieben. Was hast du jetzt vor? fragte sie. Weiß nicht, weitertrampen oder irgendwo hier schlafen. Ist ja warm genug.

Sie schaute ihn an, dachte, warum nicht, er ist süße 17, und wer weiß, wie lange er noch lebt. Sie ging zur Tür, winkte ihn zu sich. Ein Doppelzimmer, sagte sie, bezahlte, ließ sich den Schlüssel geben und ging mit ihm nach oben. Sie stellte einen kleinen Aluminiumkoffer unters Bett und verschwand mit einem Täschchen im Bad.

Er zog sich aus, legte sich aufs Bett und zündete sich eine Zigarette an. Mit der Linken hielt er die Kippe, mit der Rechten machte er sich bereit für sie. Als sie aus dem Bad kam, warf sie ihm ein neongelbes Noppenkondom zu, sagte, schalt die Nachttischlampe ein, löschte die restliche Beleuchtung und legte sich neben ihn ins Bett.

Er streifte sich den fluoreszierenden Gummi über und bohrte sich in sie hinein. Er kam ziemlich schnell, riß sich den verschmierten Latex runter, knotete ihn zu und warf ihn in den Mülleimer. Sie

79

löschte das Licht, legte ihren Kopf auf seine Brust und schlief ein.

Gegen fünf Uhr morgens wachte sie auf; die ersten Sonnenstrahlen warfen harte Linien über seinen Körper. Leise rollte sie sich vom Bett, holte den Alukoffer hervor und öffnete ihn. Das Messer wirkte groß in ihrer Hand. Die Klinge mit der Zunge umspielend, schaute sie auf den braunen Körper unter sich. Es wäre so einfach: ein schneller Schnitt durch die Kehle. Er würde nicht einmal wach, wenn sein warmes Blut in ihr Gesicht spritzte. Auf seinem Hals entdeckte sie einen Pickel. Nein. Das Messer war fast neu. Sie legte es zurück in den Koffer, schob diesen wieder unter das Bett. Lange schaute sie ihn an. Sie ging unter die Dusche. Als sie zurück ins Zimmer kam, lehnte er am Fensterbrett und rauchte eine Zigarette, nackt. Zieh dich an, sagte sie, wir fahren in einer halben Stunde.

Sie gab den Schlüssel ab, er nahm eine Tageszeitung mit, die am Empfang rumlag. Hat schon wieder einen erwischt, meinte er. Sie haben ihn vor drei Tagen gefunden. Sein Hirn war über einen halben Quadratkilometer verteilt. Muß ein ziemlich kranker Typ sein, der so etwas macht. War angeblich sein neuntes Opfer. Schlitzt ihnen zuerst die Kehle auf und zertrümmert dann den Schädel.

Bei den Worten «kranker Typ» lächelte sie kurz, sagte aber nichts. Sie fuhren weiter, rauchten, schwiegen. Er würde sie weiterhin begleiten. Bis zu seinem Ende. «Killing hurts, has to be done.»

Raumschiff Enterprise

von Roger Graf

In der Wohnung stank es bestialisch. Hugo hatte sich daran gewöhnt. Er wußte, daß es nichts half, das Fenster aufzumachen. Der Gestank war nicht wegzubringen. Er hatte sich deshalb zwei große Ventilatoren gekauft, die große Mengen Luft umwälzten und den Gestank ein wenig erträglicher machten.

Hugo wunderte sich darüber, daß Frau Mosimann am stärksten stank. Ausgerechnet sie, die immer frisch gepudert gewesen war und geduftet hatte wie das Parterre des großen Warenhauses, in dem Hugo immer an der kleinen Blonden vorbeispazierte. Interessant fand Hugo, daß sein Vermieter, Herr Walser, fast gar nicht stank. Dieser Säufer, der im Sommer transpiriert hatte wie die Belegschaft einer Baustelle. Vielleicht, dachte Hugo, ist das die Gerechtigkeit, von der der Pfarrer immer faselte, daß sie im Jenseits auf einen warte. Die Gerechtigkeit bestand möglicherweise darin, daß wer im Leben angenehm roch, im Jenseits stank wie jetzt Frau Mosimann. Dabei war sie erst seit einer Woche tot, während Herr Walser schon seit zehn Tagen neben dem Kühlschrank lag.

Hugo sah auf die Uhr, stand auf und suchte im Regal nach einer bestimmten Videokassette. Über

all die Jahre hatte er sich eine hübsche Sammlung
zugelegt. Darunter die gesamte Serie des «Raum-
schiffs Enterprise». Viele Folgen kannte er auswendig. Seit er arbeitslos war, verbrachte er Stunden damit, Captain Kirk, Spock und Scotty bei ihren Reisen
durch die unendlichen Tiefen des Alls zu begleiten.
Manchmal schaute er sich auch Folgen der zweiten
Generation an, obwohl er diese nicht so mochte. Sie
waren aber immer noch besser als jene Kurse, die er,
wenn es nach Frau Mosimann gegangen wäre, hätte
besuchen sollen. Nichts hatte sie verstanden. Dabei
war er so diszipliniert wie noch nie in seinem Leben.
Pünktlich um sieben stand er auf. Zwischen acht
und zehn Uhr schaute er sich zwei Folgen an, am
Nachmittag nochmals zwei. Und zwischendurch arbeitete er so konzentriert, wie er noch nie gearbeitet
hatte.

Die Flucht in Tagträume, hatte Frau Mosimann
gesagt, sei kein Mittel gegen die Arbeitslosigkeit. Er
müsse wieder zupacken lernen. Das machte Hugo
auch. Und wie er zupackte.

Frau Mosimann hatte sich über den Gestank in
der Wohnung gewundert. Bestialisch, sagte sie.
Herr Walser, sein Vermieter, hatte sich darüber be-
klagt, daß Hugo spät nachts in der Wohnung ge-
hämmert hatte. Das gehe nicht, sagte Herr Walser,
er müsse ihm die Wohnung kündigen, zumal er mit
der Miete seit Monaten im Rückstand sei. Ob sich
Herr Walser im Jenseits wohl über die Bekannt-
schaft mit Frau Mosimann freute? Vielleicht, dachte
Hugo, würden sich die beiden ganz gut verstehen.

Der Pfarrer redete vom Jenseits immer wie von einem großen Warenhaus, in dem jeder das fände, was ihm im Leben gefehlt hatte. Hugo glaubte nicht daran. Er schaute auf die Uhr. Es war höchste Zeit. Er drückte die Lichtregler: Alles funktionierte auf Anhieb. Die Plattform sah genauso aus, wie er sie sich vorgestellt hatte. Jetzt, dachte er, jetzt könnten sie ruhig kommen.

Er erschrak, als die Klingel ertönte, unangenehm und heftig, wie sie nur von Amtspersonen in Gang gesetzt wurde. Die Tür war nicht abgeschlossen. Hugo hörte die Stimme eines Mannes. Dann wurde die Türklinke gedrückt, und Kommissar Flückiger betrat die Diele. Er hielt sich den Handrücken an die Nase, seinem Kollegen wurde sofort schlecht, er kotzte direkt neben den Körper von Frau Mosimann. Kommissar Flückiger trat unterdessen ins Wohnzimmer.

Jetzt, dachte Hugo, ist der Zeitpunkt gekommen. Er stellte sich auf die kleine Plattform, drückte den Lichtschalter und sagte mit fester Stimme: «Beam mich hoch, Scotty.» Kommissar Flückiger sah gerade noch, wie sich Hugo in einem Schleier aus kleinen, glänzenden Pünktchen auflöste. Die Ventilatoren surrten leise.

Seit jenem denkwürdigen Abend, der Kommissar Flückiger noch viele schlaflose Nächte bereitete, wird Hugo Landmann wegen zweifachen Mordes gesucht. Einem unbestätigten Gerücht zufolge soll er sich in diesem Augenblick mit ein paar Asteroiden gerade auf der Reise zum Großen Bär befinden.

Finale Rettung

von D. B. Blettenberg
Copyright © 1995 by D. B. Blettenberg

Fast hätte Max Engels die Erlösung verpaßt. Er
stand mit einem Bier an Emmas Imbißbude, als es
passierte. Erst der Aufruhr am Seeufer machte ihm
klar, daß Gefahr in Verzug war. Normalerweise
hatte er als Bademeister auf dem Hochsitz zu hok-
ken. Aber es war ein heißer Sommer, das Bier war
kalt, und Emma zeigte am Grill viel Figur. Sie roch
auch nachts noch nach Bratfett. Das störte ihn nicht.
Er war dankbar für die Frau. Es gab nicht mehr
viele, die was von ihm wollten.

Engels, 42, sah aus wie ein Frührentner. Sein einst
durchtrainierter Körper war aufgedunsen. Er trank
zuviel, neigte zu Wutausbrüchen und Gewalt und
kam mit dem Gesetz öfters in Konflikt. Obwohl
beim Militär zum Rettungsschwimmer ausgebildet,
hatte er sich ohne Erfolg um eine Anstellung bei den
städtischen Badebetrieben beworben. Schließlich
hatte der Pächter des privaten Baggersees ihn genommen – wenigstens für den Hochsommer.

Emma riet ihm immer wieder zu den Anonymen
Alkoholikern. «*Eine* Gruppentherapie reicht mir»,
antwortete er jedesmal. Und die Treffen seiner
Selbsthilfegruppe besuchte er regelmäßig. Die
Gruppe wurde von Landespolizeipfarrer Burger ge-
leitet und war für Polizisten, die schon mal auf Men-

schen geschossen hatten. Die meisten hatten Probleme. Schlaflosigkeit. Hang zur Isolation. Flucht in Drogen. «Keiner von euch hat seinen Frieden mit dem fünften Gebot gemacht», sagte Pfarrer Burger immer. Auch für Max Engels gab es keinen Frieden. Du sollst nicht töten! Er war beim Präzisionsschützenkommando gewesen. Einer von vier Dutzend Männern, die auf etliche hundert Meter Entfernung ein Zwei-Mark-Stück in der Mitte trafen. Man hatte ihn auf den «finalen Rettungsschuß» abgerichtet.

Dann kam der Tag, an dem Engels tatsächlich töten mußte. Er zielte auf das apfelgroße Kleinhirn eines Geiselnehmers, um das herbeizuführen, was Experten einen «hydrodynamischen Schock» nennen: den Täter umbringen, bevor er den Schuß hört und den Finger um den Abzug seiner Waffe krümmen kann. Engels' Schuß saß nicht ganz. Noch ehe der Geiselnehmer starb, tötete er sein Opfer. Max Engels hatte zwei Menschen auf dem Gewissen.

Vor diesem Unfall hatte er zur bevorzugten Zielgruppe gehört, aus der Psychologen die Elite rekrutieren. 30 bis 40 Jahre alt. Durchschnitts-IQ zwischen 90 und 110. Ein «überlegend handelnder Teamarbeiter mit einer normalen Neigung zum Kampf». Familienvater, Ehe intakt, gesetzt, ruhig, aber sportlich.

Engels war stolz auf seinen Job. Es störte ihn nicht, daß er sogar intern als «Killer vom Dienst» galt. Immerhin war er in einem Speziallehrgang darauf vorbereitet worden, seine Angst zu kontrollieren und zu überwinden, die Risiken sorgfältig abzuschätzen. Er war einer der Auserwählten – ein Mann, der zum Töten fähig ist und es verkraften kann.

Doch dann kam alles anders. Er versagte als Todesschütze. Anschließend versagte er auch als Mensch. Er verlor Frau und Kinder, wurde geschieden. Alte Freunde ließen ihn im Stich. Das Trauma wurde er nicht mehr los. Viel fehlte nicht mehr, dann würde ihm auch die letzte Sicherung durchknallen. Er spürte es. Der Druck wurde immer unerträglicher. Irgend jemand mußte dafür büßen, daß Max Engels sich quälte.

Die Hysterie am Ufer nahm zu. Man rief nach dem Bademeister. Da draußen ertrank ein Mensch. Engels stellte sein Bier hin, warf Emma einen hilfesuchenden Blick zu und setzte sich in Bewegung. Er torkelte die Böschung hinunter, schaute zu der Stelle, wo die vielen Finger hinzeigten, bemerkte eine Bewegung im Wasser und hechtete in den Baggersee. Volle Pulle kraulte er zum Einsatzort. Er spürte, wie er mit jeder Bewegung mehr und mehr zu sich kam. Noch hatte er Reserven. Auf einmal war er wild entschlossen. Er tauchte, bekam erst Haare zu fassen, dann schmale Schultern. Er packte zu, hielt fest und schoß wieder nach oben. Er rang nach Atem, nahm seine Beute automatisch in den Schleppgriff. Während er kraftvoll, aber ruhig zum Ufer schwamm, hörte er das Husten des Kindes. Es klang gut. Hoffnungsvoll. Engels lächelte.

Auf dem Balkon

von Frank Schulz

Der Vollmond hängt über den Dächern wie 'n Arsch mit Pocken. Eine stinkende Bruthitze seit Wochen. Nebenan, mitten im Balkonblumenkasten, leckt sich Nachbars Katze den wunden Hintern. Ich leg' den öligen Putzlappen beiseite und lutsch' 'ne Orange. Der Geschmack erinnert mich an Blut. Ich pul' an der Schorfsichel, die sich von meiner Lendenbeuge bis zum Nabel zieht. Lange gewartet, bis sie reif war. Ich guck' durch die Gitterstäbe. Nur erleuchtete Fenster, Gekeife und Gerülpse.

Tagsüber kann ich auf die stinkenden Gefieder-rücken der Tauben gucken, die sich von den Traufen runter in die Gosse stürzen. Das Pfeifen ihrer Flügel ist hier oben gut zu hören – auch bei dem ganzen Krach von Autos und Motorrädern, von dreckigem Gelächter und Gegröle den ganzen Tag. Jetzt ist es einigermaßen ruhig. Irgendwas qualmt da unten, irgendwas splittert. Da hört keiner mehr hin. Die heiße Luft stinkt nach Bratfett und Zitrone, aber schärfer, von der Putzmittelfabrik her.

Zum hundertsten Mal aus 'm Eckhaus dasselbe Geplärre von dieser Schlagersängerin, deren Name mir ums Verrecken nicht einfällt, irgendwas mit F oder V. Das Gelaber von den Fernsehern aus den offenen, erleuchteten Balkontüren. Aus unserer auch.

«Mach das Licht wieder aus», sag' ich nach drinnen. Mit dem feuchten Lappen wisch' ich die klebrigen Finger ab und den Schweiß vom Gesicht, mit dem anderen putze ich die Okulare weiter.

«Was?»

«Du sollst das Licht ausmachen», sag' ich.

«Warum? Laß ja die Tauben in Ruhe!»

«Die pennen jetzt sowieso», sag' ich. «Licht aus, sonst kommen Mücken rein.» Vorsichtig leg' ich das Fernrohr auf die Kiste, greif' nach dem schweren Schalldämpferzylinder und öle ihn ein.

Sie macht das Licht aus. «Was machst du da?»

«Nichts», sag' ich und schraub' den Schalldämpfer vor den Lauf. Sie kann's nicht ab, wenn ich Tauben schieß'. Vump, und das Vieh platzt in der Luft, 'ne Federexplosion, Ende.

Die rothaarige Alte direkt gegenüber, die sich den ganzen Tag sonnt, kommt auf den Balkon, stellt 'n Wäscheständer auf und hängt ihre Wäsche drauf, alles weiße. Ich steck' mir 'ne Zigarette an.

Gestern abend, hier auf dem Balkon, kriegte ich plötzlich 'n komisches Gefühl. Ich hatte über alles mögliche gegrübelt. Manchmal grüble ich so viel, daß mir schlecht wird. Und plötzlich packte mich 'ne komische Aufregung, und ich wußte nicht mehr, wo der Unterschied liegt, wenn man über den Balkontürabsatz oder übers Geländer steigt. Natürlich wußte ich den Unterschied, aber ich hatte das Gefühl, als wüßte ich ihn plötzlich nicht mehr. Ich bin zum Imbiß gegangen und hab' 'n paar Dosen Bier getrunken. Kalle lachte bloß.

Die Luft stinkt nach Fett und Zitronen, ich riech'
den Duft vom Waffenöl. Nachbars Katze springt aus
dem Blumenkasten. Plötzlich schmeiß' ich die Zigarette weg und leg' das Gewehr aufs Geländer.

Fast auf Anhieb hab' ich die rothaarige Alte im Vi-
sier. Ich seh' genau die tiefe Falte zwischen den
Brauen. Plötzlich spür' ich die zwölf Stockwerke
Luft unterm Hintern. Heiße, stinkende Luft. Mir
wird schwindlig. Vump! Der Schaft knallt mir gegen das Schlüsselbein. Sie ist weg. Nur noch der Wäscheständer und ein schlaffes weißes Hemd unordentlich darüber. Mein Herz klopft ganz schön.

«Was machst du da?»

«Nichts», sag' ich. «Ich geh' noch mal in'n Imbiß.»
Ich steh' auf. Ich blute am Bauch, irgendwie ist die
Schorfsichel abgerissen. Mein Herz klopft ganz
schön.

Im Imbiß, als ich die erste Dose Bier aufreiß', fällt
mir plötzlich der Name der Schlagersängerin wieder ein. Apfelsinengeschmack im Mund. Kalle lacht
bloß. Von hier unten kann man den Mond nicht sehen.

Baptistas Tochter

von Roma Greth

Kate drückte sich gegen die dunkle Wand und blickte hinaus in die Nacht. Angestrengt horchte sie auf die Schritte des Mannes. Nie mehr seit ihrer Rolle als Katharina in «Der Widerspenstigen Zähmung» hatte sie ihr Herz so heftig schlagen gespürt. Damals vor Lampenfieber. Nicht daß die Aufführung im Londoner West End oder am New Yorker Broadway stattgefunden hätte, doch es war ihre erste Rolle gewesen. Seither nannte sie sich Kate.

Stille. Nichts außer dem Nebel, der sie umhüllte. Es war, als wäre sie allein auf diesem Hügel mit dem alten Weg, der zu einer verlassenen Schloßruine hinaufführte. Sie überlegte sich, ob sie laufen sollte, doch die Steinwände hallten wider. Und dann hätte er gewußt, wo sie war. Kate wußte, wer der Mann war. Im Licht der Straßenlaternen weiter unten hatte sie ihn erkannt. Wie hätte sie diese adrette kleine Gestalt, geschmeidig wie eine Schlange, je vergessen können? Peter Hoffman, den Regisseur «Der Widerspenstigen Zähmung». Sie hatte von Anfang an gewußt, daß er sie nicht besetzen wollte. Doch dann war der «Star» der kleinen Truppe erkrankt, als die Proben schon weit fortgeschritten waren. Keine andere Frau war bereit gewesen, sich Katharinas Unmengen von Text in drei Wochen einzuprägen.

Das Theater hatte das Geld, das die Produktion einspielen würde, dringend nötig, und der Verwaltungsrat hatte Peter gedrängt, Kate zu nehmen. Sie hatte der Theaterleitung versichert, daß ihre Nachbarin für sie einspringen könne, was ihren Vater betraf. Er hatte eine gute Invalidenrente. Sie konnten es sich leisten, jemanden anzustellen.

Kate rang nach Atem. Hinter ihr war ein Stein auf den Weg geklappert; er war glitschig und ausgetreten von all den Touristen, die zum Schloß hinaufgekraxelt waren. Bei Tageslicht. Niemand kam nachts hier hoch, schon gar nicht in einer Nacht wie dieser. Es sei denn, man fühlte sich verfolgt, hatte Angst. Oder sportlichen Ehrgeiz wie jene Leute, die noch bei schlimmsten Wetter joggen.

Kate löste sich vorsichtig von der Wand und bewegte sich bergauf. Ihr Herz klopfte wie beim erstenmal, als Peter Hoffman die Beherrschung verloren hatte. Als «verfluchte Katharina» hatte er sie bezeichnet und gebrüllt, aus ihr werde nie eine Schauspielerin.

Sie preßte sich erneut gegen die Wand. Hatte sie beim Schloß selbst sich etwas bewegen sehen? Sie hatte als Kind um das Schloß herum gespielt, als ihre Mutter noch lebte. In ihren Tagträumen war sie damals eine Prinzessin gewesen. Doch als sie älter wurde, träumte sie nur noch davon, dramatische Rollen zu spielen und vor Bösewichten zu fliehen, die ihr zum Schloß hinauf gefolgt waren.

Noch in ihren wildesten Tagträumen hätte sie sich niemals vorstellen können, welche Wut Peter

Hoffman entwickeln würde, als er von den Kritikern verhöhnt wurde. Den Schrecken der Premiere zum Trotz hatte Kate nach wie vor das Gefühl, ihre Sache gut gemacht zu haben. Sie hatte gespürt, was in Katharina vorging, ihre Wut auf Petruchio – «Ich sagt' es wohl, er sei ein Narrenhäusler, der unter Derbheit bittern Hohn versteckt» –, ihre Verzweiflung ob der Einschränkungen ihres Lebens. Kate wußte, wie frustrierend Einschränkungen sein konnten. Seit drei Jahren war sie es, die sich um ihren streitsüchtigen Vater kümmern mußte.

Nun war sie beim Schloß angelangt, beinahe ruhig. Sie sah ihn. Peter Hoffman war an der Mauer und lehnte sich darüber, um zum Weg hinunterzusehen. Ängstlich, wie sie fand. Mit einem gellenden Schrei raste sie los. Er drehte sich um. Sie rammte ihn mit voller Wucht. Er stieß ebenfalls einen Schrei aus, als er über die Mauer fiel.

Sie hatte es geschafft. Ein Vorsatz, den sie gefaßt hatte, seit er geschworen hatte, sie werde nie mehr in jenem Theater spielen. Jetzt würde sie beweisen, daß sie eine gute Schauspielerin war. Wie Katharina würde sie die Rolle einer sittsamen jungen Frau spielen, die ihr Leben lang für die kranke Mutter gesorgt hatte und nun für den Vater. Sie flüsterte Kates Worte an die Nacht: «Wie schäm' ich mich, daß Frau'n so albern sind! Sie künden Krieg und sollten knien um Frieden!» Sie sprach den Text gut und mit Gefühl, dann lachte sie.

Aus dem Amerikanischen von Thomas Bodmer

Fahrkünste

von Lisa Pei

Er fuhr schneller als erlaubt, schnitt die Kurven, fuhr so dicht auf, daß sie sein Nummernschild im Rückspiegel nicht erkennen konnte. Mara zog den Wagen nach rechts, näher an den abschüssigen Hang. Der Straßenrand war unbefestigt. Sie schwitzte. Warum überholte der Mann nicht, sie hatte ihm doch Platz genug gemacht?

Alex drehte die Stereoanlage auf und bewegte den Kopf im Takt der Musik. Er kannte die kurvenreiche Bergstrecke auswendig. Die Kleine vor ihm besaß bestimmt wenig Bergerfahrung. Daß sie es überhaupt wagte, mit der alten Schrottkiste diese Straße zu befahren. Ein wenig Nachhilfe zum Thema «Wie reagiere ich in Streßsituationen» würde ihr nicht schaden.

Seine Stoßstange berührte fast ihr Heck. Sie versuchte, ihm zu entkommen – er lachte in sich hinein. Gegen den BMW kam sie nicht an. Er blieb ihr dicht auf den Fersen. Ihre angstgeweiteten Augen konnte er durch die Heckscheibe ihres Wagens in ihrem Rückspiegel sehen. Immer öfter und hektischer sahen sie zu ihm nach hinten. Er genoß die Panik in ihrem Blick und begann, zur Musik zu pfeifen.

In ein paar hundert Metern würde die scharfe, steile Linkskurve kommen. Er war gespannt, wie sie

93

es anstellen würde. Ohne Zurückschalten war die Kurve nicht zu nehmen. Er drängte sie, schneller zu fahren. Er war der King und das Jagen ein geiler Spaß.

Sie schaltete nicht zurück. Im Scheitelpunkt der Kurve brach sie aus und fuhr mit Tempo geradeaus in die Waldschneise hinein.

Er hatte das Steuer schon eingeschlagen und mußte die Kurve zu Ende fahren. Verdammt, sie hatte ihn ausgetrickst. Etwa 200 Meter weiter ließ die Steigung der Straße nach. Er fuhr bis zur Einfahrt des geschotterten Parkplatzes, an dem Schild «Zum Panoramablick» vorbei. Hier oben war niemand. Er stieg aus. Von hier konnte er ihren Wagen unter sich sehen. Sie stand dicht am steilen Abhang. Wahrscheinlich schickte sie gerade ein Dankgebet nach oben. Er grinste. So eine angstschlaffe Maus war ein netter Happen zum Vernaschen zwischendurch. Er stieg in seinen Wagen und fuhr die Straße zurück. Es dämmerte, er schaltete die Scheinwerfer ein.

Die Kurve nahm er weitläufig und jagte mit Vollgas in die Schneise hinein. Er besaß ABS und eine schnelle Reaktion: Einen Zentimeter hinter dem Heck ihres Autos würde er zum Stehen kommen. Wahrscheinlich würde sie kreischen. Die Vorstellung erregte ihn.

Als er kaum zehn Meter von ihr entfernt war, schoß ihr Auto aus dem Stand heraus rückwärts auf ihn zu. Er riß das Steuer herum. Glas splitterte, als sie seinen linken Scheinwerfer traf. «Verdammtes

Miststück!» brüllte er. Der BMW war noch nicht ab-
bezahlt.

Sie setzte erneut an. Er wollte einen Gang einle-
gen, aber das rechte Hinterrad hing über der Böschung und drehte sich im Leeren. Fluchend wollte
er aussteigen, da traf sie ihn erneut. Der zweite Stoß
brachte den Wagen aus dem Gleichgewicht. Erst
langsam, dann immer schneller rollte er den Abhang hinunter. Am Ende der Schneise blieb er zwischen zwei Tannen stecken, wie ein Fuchs in einem
zu engen Zaunloch. Die Türen ließen sich nicht öff-
nen, und irgend etwas war mit der Steuersäule und
der Rückenlehne passiert. Er war zwischen Sitz und
Lenkrad eingeklemmt und konnte die Hände und
Füße nur mühsam bewegen. Er versuchte, die Hupe
zu erreichen.

Mara glitt langsam an dem Schild «Zum Panoramablick» vorbei, brachte den Wagen zum Stehen
und stieg aus. Es war schon zu dunkel, um den
BMW selbst noch ausmachen zu können. Aber den
einen Lichtstrahl, der hilflos in den Himmel leuch-
tete, konnte sie sehen. Auch der Dauerhupton war
zu hören.

«Den Teufel muß man mit dem Beelzebub aus-
treiben», hatte ihr Vater gesagt, als sie das Steuer
nach dem schweren Autounfall vor vier Jahren nicht
mehr anrühren wollte. Er war in jungen Jahren For-
mel-1-Rennen gefahren, hatte den Sport aber ihrer
Mutter zuliebe aufgegeben. Sie hatte auf ihn gehört
und sich ihm anvertraut. Mit Erfolg. Sie drehte sich
um und ging zum Wagen zurück. Der Hupton war

im geschlossenen Auto nicht zu hören. Sie sah auf die Uhr und startete den Motor. In 20 Minuten würde sie den Paß hinter sich haben. In zwei Stunden konnte sie zu Hause sein.

Sentimental Journey

von Ernst Hinterberger

Felix und Herbert, zwei ältere alleinstehende Männer, lebten im Wiener Wurstelprater. Sie bewohnten
einen Schuppen hinter der Geisterbahn «Palast des
Schreckens» und dem danebenstehenden «Monza-
Autodrom», die einer Frau Krupnik gehörten. Die
beiden, wegen ihrer körperlichen Auffälligkeiten
Nasenpeter und Hupferl genannt, waren auf den
Bahnen Mädchen für alles. Außer dem, was sie auf
dem Leib trugen, besaßen sie kaum was. Trotzdem
hegten sie seit Jahren den Traum, wenigstens einmal im Leben etwas Schönes zu erleben und eine
Schiffsreise in die Karibik zu machen. Um zum nöti-
gen Geld zu kommen, spielten sie Lotto und Toto.

Frau Krupnik war über ihre Blüte hinaus. Als Ge-
schäftsführer und Liebhaber hielt sie sich den Sir,
einen miesen Charakter, der in Wahrheit Hansi Au-
berger hieß. Dann gab es noch die 14jährige Eva, die
weder Eltern noch Wohnung besaß, aufgrund der
Gutmütigkeit von Nasenpeter und Hupferl im
Schuppen wohnte und von der Krupnik als billiges
Dienstmädchen und Kassiererin ausgenützt wurde.

Eines Tages lachte Nasenpeter und Hupferl das
Glück. Sie gewannen im Lotto die für sie unglaubli-
che Summe von 400000 Schilling. Die große Reise
war damit in Sichtweite. Weil die Summe für die

beiden beinahe nicht auszugeben schien, wollten sie die kleine Eva, die ja auch Anspruch auf ein bißchen Glück hatte, mitnehmen.

Damit begann eine Tragödie, die von der Polizeidirektion Wien unter dem Aktenzeichen 94/136.318/34 M registriert wurde.

Der Sir hatte infolge der Vertrauensseligkeit Nasenpeters vom Gewinn erfahren und beschlossen, sich diesen unter den Nagel zu reißen. Er litt wegen der Großzügigkeit Frau Krupniks nicht unter Geldmangel, aber den neuen Porsche wollte sie ihm trotz seiner Leistungen im Bett nicht kaufen. Deshalb machte er sich an den harmlosen, ja debilen Nasenpeter heran: «Horch mir zu. Du und der Hupferl, ihr seid Drecksäue und vögelt die kleine Eva. Wenn das bekannt wird, kriegt ihr zehn Jahre, und das Mädel kommt in ein Heim.»

Als Nasenpeter zu weinen begann, obwohl kein Wort der Anklage stimmte, da sowohl er als auch der Hupferl die Kleine nie als Frau, sondern eher als ihre Adoptivtochter behandelt hatten, erklärte sich der Sir dazu bereit, «als Freund beide Augen zuzudrücken», wenn ihm die beiden ihren Lottogewinn überließen.

Der schlotternde Nasenpeter übergab dem Sir das Geld. Dann schrieb er an Hupferl einen Abschiedsbrief, aus dem hervorging, warum sie nun doch keine große Reise machen konnten, steckte ihn in den Briefkasten und erhängte sich im Schuppen.

Der Sir, der nichts von dem Brief wußte, bestellte sich den Porsche und war obenauf. Er ahnte nicht, daß Hupferl dem Spielhallenbesitzer Moser eine Pumpgun stahl und im Schuppen versteckte.

Ein halbes Jahr nach Nasenpeters Selbstmord setzte Hupferl den «Lebenden Leichnam» in der Geisterbahn außer Betrieb. Er wußte, daß der Sir den Schaden beheben würde.

Der Sir reparierte am nächsten Vormittag die Figur, setzte sich danach für eine Probefahrt in eines der Wägelchen und fuhr gutgelaunt in den «Palast des Schreckens» ein. Gegen Ende der Probefahrt näherte sich das Wägelchen dem «Lebenden Leichnam». Scheinwerfer flammten auf und tauchten den aufrecht stehenden Sarg, dessen Deckel herabfiel und einen halbverwesten, augenrollenden und sich aus dem Sarg bewegenden Leichnam freigab, in grelles Licht.

Das war das vorletzte, was dem Sir zu Augen kam. Das letzte war der hinter dem Sarg auftauchende Hupferl, der blitzschnell eine Pumpgun anlegte und einen Schuß abgab. Die zwei weiteren Schüsse sah und hörte er nicht mehr. Er lag mit zerschossenem Gesicht und von hundert Schrotkugeln zerfetzter Brust in seinem Wägelchen.

Die vor dem «Palast des Schreckens» stehende Frau Krupnik hörte wegen der dröhnenden Lautsprecher weder die drei aufeinanderfolgenden Schüsse noch den vierten, der etwa zehn Sekunden danach erschallte und Hupferls Kopf vom Leib riß. Sie brach zusammen, als das Wägelchen mit dem toten Sir aus der Schwingtür holperte und nach wenigen Metern zum Stehen kam.

Ich habe sie doch geliebt!

von Herbert Knorr

Nein, Frau Richterin, es war kein Mord. Gerti ist nach der im Institut üblichen Teambesprechung am Dienstagnachmittag ziemlich geschafft nach Hause gekommen. Sie wollte wie immer nicht reden. Ich habe daraufhin Jonas-Martin aufgefordert, leise zu sein, die Mama brauche ihre Ruhe. Tina-Maria habe ich fertiggemacht und ins Bett gelegt.

So gegen halb sieben muß es gewesen sein, daß Gerti ausgeschlafen hatte. Ich habe gerade den Flur geputzt. Jonas-Martin guckte «Sesamstraße». Gerti hat ein paar unverständliche Brocken in den Flur gerufen, von wegen Scheißkinderprogramm und so, die Kinder verblödeten, während der Vater den Flur putze. – Und dann hat sie ihre Turnschuhe gesucht.

Ich kannte Gertis Wutanfälle. Aber ich hatte gelernt, mit ihnen umzugehen. Doch als Gerti wütend aus dem Schlafzimmer schrie, was das hier überhaupt für ein Saftladen von Haushalt sei, wo man nichts, aber auch gar nichts finde, was ich wohl den ganzen Tag mache – da ist mir schon ein bißchen der Kragen geplatzt. Wenn du willst, habe ich ins Schlafzimmer gerufen, kannst du gerne statt meiner den Hausmann spielen, ich werde schon eine andere Beschäftigung finden. Wenn schon, dann bitte die Hausfrau, hat Gerti zurückgerufen. Und dann,

Frau Richterin, hat sie um die Tür geguckt und gesagt, daß bei der Stadt noch Müllmänner gesucht würden, da hätte ich vielleicht eine Chance, ich sei ja eine sensible Ordnungsnatur.

Da habe ich Gertis Turnschuhe hervorgeholt und sie ihr vor die Füße geworfen: ein bißchen Ordnung müsse schließlich sein, nur Schlampen würden ihre Sachen durch die Gegend schmeißen, die Hose ins Eßzimmer, die Bluse ins Bad und den Schlüpfer unters Bett. Ich heulte, Gerti knallte die Tür.

Sie war zu ihrem allwöchentlichen Volleyball-abend aufgebrochen. Sie hatte jeden Abend was anderes vor. Ich ging einmal im Monat in den Bastel-nachmittag vom Kindergarten.

Als Gerti fort war, habe ich erst Jonas-Martin zu Bett gebracht, dann habe ich gebügelt. Unzählige Gedanken schwirrten mir dabei durch den Kopf: Sollte ich vielleicht doch einmal arbeiten gehen, mich ausprobieren, neue Erfahrungen sammeln . . .? Ich liebe meine Kinder, aber habe ich sechs Jahre studiert, um Blumenkohleintöpfe mit Sesamsamen zu garnieren? Ich als Mann, wissen Sie. Nirgends war Platz für mein Mannsein, meine männliche Kreativität, meine maskuline Sensibilität!

Gerti ist dann irgendwann nach Mitternacht nach Hause gekommen. Als sie nackt unter die Decke kroch und sich ankuschelte, roch ich ihre Fahne. Um die Chance nicht zu verpassen, habe ich dann ganz schnell all meinen Mut zusammengenommen und sie darum gebeten, wieder arbeiten gehen zu können.

Erst hat sie mich nur angeguckt, dann hat sie mich wie wild abgeküßt. Sie fände das ja toll, aber ob ich an die Kinder gedacht hätte. Eine Kinderfrau wäre schwer zu finden, und die Steuer würde mein Gehalt doch auch gleich wieder auffressen. Gut, meinte sie, vielleicht sollten wir morgen mal drüber reden, mal wieder richtig vernünftig reden, das sei wohl mal wieder fällig. Aber heute nacht?

Dann mußte ich mit ihr schlafen. Sie war nicht zufrieden mit mir.

Danach ist sie in die Küche gegangen. Verdammt noch mal, hat sie plötzlich geschrien, wo denn schon wieder der Pfeffer sei, was das für ein Sauhaushalt sei, und da wolle dieser impotente Ordnungsfetischist eine Stelle annehmen, wo er doch noch nicht einmal mit dem Haushalt fertig werde.

Ja, da habe ich wohl den erstbesten Gegenstand ergriffen und zugeschlagen, einfach zugeschlagen, immer wieder, ich habe mich einfach vergessen. Nein, geplant ist das nicht gewesen, wirklich nicht, ich habe sie doch geliebt!

Riechsalz zum Frühstück

von Andrea Simmen

Faust, Derrick oder die Kommissarin hätten den folgenden Mordfall selbstverständlich souverän gelöst. Im Laufe einer Fernsehstunde hätten sie Beweise zusammengetragen, Zeugen befragt, mit der Spurensicherung geredet, dubiose Verwandte ausgemacht, Liebhaber aufgespürt oder in einem Bordell nach Dunkelmännern gesucht. Ihre Aufgabe: zwei Sekunden vor Filmende den Mörder auf dem Silbertablett zu servieren. Recht so, das ist ihr Beruf.

Ich übe ein anderes Metier aus. Ich interessiere mich nicht sonderlich für Kriminalistik, war aus verworrenen Gründen am Tatort und eruierte sofort den Mörder.

Die Küche, der Butler und das Fleischmesser waren blutverschmiert. Die aufgeregte Lordschaft wurde von Zofen mit Riechsalzfläschchen umtanzt, alte, staubige Spinnennetze hingen von den Gewölben. Im Innern des Schlosses Düsterheit. Die aufgewühlte Erde im Garten war sandig, die Schuhabdrücke im Rasen waren deutlich. Regen seit Tagen. Der Geheimgang führte von der Halle in die Ahnengalerie, ein Doktor eilte mit einem Koffer voller Beruhigungsspritzen über den Kiesweg. Der Nachbar mit dem Monokel schielte über die Mauer, ein Postbote steckte ein unförmiges Paket in den Briefkasten.

Eine Katze balancierte mit einer Amsel im Maul über den Dachfirst, die zahnlose Eierfrau verließ das Gebäude durch die Lieferantentüre. Auf einem runden Tisch lag ein anonymer Brief, aus dem Zimmer des Toten rieselte Musik. Unter dem Schirm eine Wasserlache, der Sarg in Sir Edwards Zimmer verstaubt.

Lauter Tatsachen also, und folglich diese Lösung: England. Draußen fiel Regen. Wind fuhr in die triefenden Fliederbüsche. Schwer hingen die Blüten des Goldregens. Wasser rann über die Skulptur im Garten. Der Butler sah zum Fenster hinaus, gähnte, verfluchte den Morgen, den Frühstückswunsch seiner Lordschaft, die feuchtkalte Küche und seine geschwollenen Beine.

Mühsam humpelte er um den Küchentisch, setzte Wasser auf, legte ein scharfes Fleischmesser bereit, stellte zwei Bratpfannen auf die Herdplatte und bewegte sich ächzend in die Speisekammer. Sekunden dauerte es, bis sich die Augen an das düstere Licht gewöhnt hatten. Er stolperte und stürzte auf etwas Weiches. Erschüttert erblickte er den blutigen Körper, die klaffenden Wunden, die heraushängende Zunge und die glasigen Augen. Eiligst versuchte er aufzustehen. Er glitt in der Blutlache aus. Endlich wankte er in die Küche zurück, schob die rauchenden Bratpfannen von den Platten, griff zum Messer und spielte versonnen mit ihm.

Er sah zum Fenster hinaus, beobachtete, wie der Pöstler ein unförmiges Paket in den Kasten legte. Er ging in die Halle, blickte verärgert auf die Spinnennetze im Gewölbe, nahm den Schirm und öffnete die

Haustüre. Trotz des Regens kürzte er den Weg zum Briefkasten ab. Er schlurfte über den Rasen und hinterließ tiefe Spuren im sumpfigen Boden. Der neugierige Nachbar mit dem Monokel schielte über den Gartenzaun.

Auf dem Rückweg spähte er in den Himmel, sah, wie eine Katze mit einer gefangenen Amsel stolz über den Dachfirst pfötelte. Er lächelte. Gemeinheiten liebte er.

Beim Lieferanteneingang stieß er beinahe mit der zahnlosen Eierfrau zusammen. Im Innern des Schlosses quälte er sich durch den Geheimgang, betrat die Ahnengalerie, stellte den nassen Schirm hin. Sofort bildete sich eine Pfütze. Den anonymen Brief legte er auf den runden Tisch.

Wie jeden Morgen betrat der Butler das Zimmer des Toten, kurbelte das Grammophon an, legte Händels «Wassermusik» auf, ging in Sir Edwards Arbeitszimmer und öffnete die Fensterflügel, als er den Doktor erblickte, der mit einem Koffer voller Beruhigungsspritzen über den Kiesweg eilte. Nach wenigen Minuten schloß er das Fenster, betrachtete den staubigen Sarg und ging in die Küche, um das Frühstück fertigzumachen. Seine Lordschaft wird ein spezielles Morgenessen erhalten, dachte er. Er garnierte eine Silberplatte, stellte sie auf den Servierboy, schleifte die Leiche aus der Speisekammer, drapierte sie zwischen den Salatgarnituren, schob den Wagen ins Zimmer des Schloßherrn, sah den halbnackten Zofen zu, die mit Riechsalzfläschchen um den wohlig seufzenden alten Herrn tanzten.

Der Schloßbesitzer blickte strahlend auf den Leichnam. Ich betrat mit ernster Miene und dreckigen Stiefeln das Zimmer, räusperte mich und sang: «Der Mörder ist immer der Gärtner.» Heftig war der Beifall.

Übrigens mochte niemand das fette kleine Polo-Maskottchen Sir Edward, selbst als Frühstück taugte er nicht. Die aufgewühlte Erde im Garten ist wirklich sandig. Ich werde ihr, kaum daß der Regen nachläßt, Schweinemist untermischen.

Das Duell

von Jörg Heikhaus

Er ist ganz still. Kauert dahinten irgendwo im Halbdunkel. Habe seine Gestalt gesehen. Dann ist er abgetaucht, in den Schatten gehuscht. Ich atme schwer, zu schwer. Hoffentlich kann er mein Keuchen nicht hören, nicht orten, wo ich bin. Ich greife in meine Jackentasche, fühle den kleinen Revolver, den ich mir einsteckte, bevor ich loszog. Nein, nein, ich darf die Waffe nicht benutzen. Komme auch ohne sie hier raus. Irgendwie. Nur wie?

Der Rückweg – Zutritt habe ich mir über den Zaun, durch den Hinterhof, durchs Kellerfenster, dann mit dem Dietrich zum Treppenhaus und durch Aufbrechen der verglasten Hintertür verschafft – ist versperrt. Der Ladenbesitzer hockt im Weg. Erwischt. Und alles nur für das bißchen Geld, das ich in der Kasse fand, und die paar Medikamente, die sich noch verhökern lassen.

Er kam in dem Moment durch die Tür, als ich die Psychopharmaka gefunden hatte. Er kam sehr leise, habe ihn zunächst nicht gehört. Hat wohl selber keine Waffe, sonst hätte er sicher gleich beim Reinkommen geschossen. Junkie von Ladenbesitzer beim Apothekenüberfall erschossen – nette Geschichte für die Zeitungen von morgen, auch wenn sie nicht wahr ist. Ich bin kein Junkie, nur ein bißchen knapp bei Kasse und jetzt auch noch tief in der Scheiße.

Mein Herz schlägt so laut, daß ich beinahe überhöre, wie er sich bewegt. Schleifgeräusche auf dem kalten, glatten Boden, als schiebe er sich auf den Knien über den Stein. Jetzt wieder Ruhe. Totale Ruhe, bis auf den Lärm in meiner Brust, in meinem Kopf.

Ich muß das jetzt auch durchziehen. Ich strecke die Hand aus nach meinem kleinen Rucksack, in den ich die Medikamente und das Geld gestopft habe. Er ist mir runtergefallen, als ich den Schatten sah. Der Rucksack liegt neben dem Ladentisch, hinter dem ich auf dem Boden kauere, den Rücken gegen das Holz, die Knie angezogen. Mit den Fingerspitzen erfasse ich die dünnen Stoffträger. Langsam, ganz langsam, ziehe ich den Sack zu mir.

Ein betäubend lauter Knall zerfetzt die Stille, der Rucksack tänzelt in der Luft, Glasampullen splittern, Tabletten springen über den Boden. Mein Arm, mit den Fingern verwickelt in die Fänge der Träger, wird gleichfalls hochgerissen und fällt schließlich mit der Tasche plump zur Erde zurück. Ein Schuß. Er hat wirklich geschossen.

Ich ziehe den Arm zurück an meinen Körper. Er ist bleiern und schwer, und ich halte mir die Finger vors Gesicht, um zu sehen, ob sie noch alle dran sind. Ich bin zu nervös, verzähle mich immer wieder. Schließlich gebe ich es auf, nehme die Hand runter, greife in meine Jackentasche und ziehe den Revolver hervor. Nach einer Zeit, die mir endlos scheint, kehrt wieder völlige Stille ein.

Ich halte den Revolver mit beiden Händen. Habe das Gefühl, mein Herz schlägt nicht mehr, denn auch in meinem Körper ist es nun still.

Ein Schlurfen, direkt hinter mir, direkt vor der Ladentheke. Dann wieder Stille. Er denkt, wenn er die Füße kaum hebt, höre ich ihn nicht. Ich lege den Kopf in den Nacken, sehe nach oben, der Revolverlauf folgt meinem Blick.

Ein Kopf, ein Arm, eine Waffe – auf mich gerichtet – sind da, schwarz vor dem fahlen Licht im Laden, schwarz wie die Nacht, die ich in meinem Herzen fühle. Ich drücke ab, spüre den Lufthauch des Projektils, wie es an meinem Gesicht vorbeijagt, rieche das glühende Metall. Dann schlägt etwas gegen meine Schulter, drückt mich tief auf den Boden. Ein Schmerz, stechend und kalt, kalt . . .

✳

«Sie lagen so da, als wir sie fanden, Herr Kommissar. Nicht mal zwei Meter voneinander entfernt. Müssen sich aus nächster Distanz beschossen haben, die zwei.» – «Wer hat sie gefunden?» – «Der Ladenbesitzer. Hat die Schüsse gehört und uns sofort benachrichtigt. Dann hat er sie hier unten liegen gesehen, schwer verletzt.» – «Auf die Geschichte bin ich gespannt . . .» – «Ja. Zwei Junkies, die sich bei einem Apothekenüberfall gegenseitig über den Haufen schießen . . . Komisch. Nette Geschichte für die Zeitungen von morgen.»

Just for fun

von Eva Klingler

«Guten Tag, meine Liebe, Sie haben den Tee bereits fertig? Wie nett. Ob Sie wohl etwas Wasser hätten? Wie letztes Mal sieht er ein wenig stark aus. Danke! So, und was haben Sie für heute Schönes vorbereitet?»

«Die Hausaufgaben? Nein, die habe ich leider nicht machen können. Nur fünf Sätze? Ja, das schon, aber mein Mann und ich, wir hatten in der vergangenen Woche eine Einladung nach der anderen. Es ist jetzt die Jahreszeit. Ach, und um es gleich zu sagen, vor Weihnachten werde ich wohl keine Stunden mehr nehmen können. Wir machen dann im neuen Jahr weiter. Ich zahle auch wieder zehn, sagen wir fünf Stunden im voraus. Ich melde mich dann bei Ihnen . . .»

«Nein, wirklich nicht, leider! Ja, Sie haben zwar keine Familie, aber Sie werden doch sicher auch eine Menge zu erledigen haben, so vor den Feiertagen. Wir beide lernen ja nicht für eine Prüfung, sondern eher just for fun . . . Ja!»

«Also, gehen wir heute doch eine Lektion weiter, so daß ich mal ein wenig vorankomme . . . Ich meine, eine Sprache lernt man nicht im Handumdrehen. Aber nachdem ich jetzt immerhin Privatstunden nehme, dachte ich schon, daß es flotter geht als beispielsweise bei der Burgi Eggert. Sie kennen sie? Die geht einmal die Woche in einen Volkshochschulkurs, ganz simpel, und kann schon beinahe mehr als ich. Die Lehrerin ist allerdings auch Engländerin, aus Glasgow. – Was? Schottin? Na ja, die nimmt es nicht gar so genau, eine nette Frau, der Mann ist Arzt.»

«So, also die Übung mit den Pro . . ., Pronomen wollen wir nochmals wiederholen . . . Na, Peter and Jane have a car. Ersetzen soll ich Peter and Jane. He have a car. Nicht? Mehrere? Also gut. He and she! Nicht? Moment . . . Their. Their car. Their ist ein besitzanzeigendes Fürwort? Ach, Frau März, ist das denn wirklich so wichtig?»

«Mein Neffe war jetzt ein halbes Jahr in den USA. Man spricht dort ganz anders als in England. Die Grammatik bleibt trotzdem gleich, sagen Sie? Na, das mag vielleicht sein. Waren Sie eigentlich schon mal drüben? Nicht? Zu teuer? Na ja!»

«Gut, also they! Das schreibe ich mir jetzt aber mal auf. Sie ist they. Der nächste Satz. Maggy has a friend in London. Nach London fahren wir wahrscheinlich nächstes Frühjahr. Mein Mann hat da geschäftlich zu tun. Ich mag die Engländer – offen gestanden – nicht besonders. Sie kommen mir so blaß vor.»

«Englisch lerne ich just for fun oder für Miami, später im Alter. Der Makler, mit dem wir gesprochen haben, sagt zwar, man komme dort mit Deutsch wunderbar durch. Na ja.»

«Also, Maggy has . . . They has. Nicht? Aber sie

heißt they! Das hab' ich aufgeschrieben! Ach, eine
Frau nur. She. Stimmt. Nächster Satz. Peter invites
Tom and Betty. He invites they. Nicht? Du meine
Güte! Peter invites she. Auch nicht. Der Akkusativ?
Ich kann kein Latein. Wie heißt das auf deutsch?
Wenfall. Hm. Kommt es da im gesprochenen Eng-
lisch heute wirklich noch so drauf an? Wann waren
Sie das letztemal in England?»

«Ach so. Peter invites them. Them? Fräulein
März, ich würde übrigens in Zukunft gerne etwas
mehr Konversation betreiben. Ich finde, mit Ihrer
Methode hier lerne ich nicht, mich ganz alltäglich
auszudrücken. Danke, keinen Tee mehr. Auf englisch? Das kann ich ja gerade nicht. Not tea more.
Nein?»

«Am besten lernt man die Sprache ja sowieso im
Lande selbst. Mein Neffe, der könnte es mir ja sicher
auch beibringen. Aber der hat im Moment anderes
zu tun, mit dem Studium. Vielleicht klappt's nach
Weihnachten bei ihm, sagt er. Letzter Satz: The Millers watch a film. The Millers watch them. Nein, es
ist ja Einzahl, da haben Sie recht. The Millers watch
him. Ein Film ist eine tote Sache?»

«Haben wir das denn schon mal gehabt? Moment,
Moment, das schreibe ich mir auf . . ., tote Sache ist
it. Wie ich mich als Fürwort bezeichnen würde?
Also . . . Ich bin eine Frau, also she. Oder her?»

«Wie meinen Sie das, Fräulein März, ich bin auch
eine tote Sache? Und was machen Sie da mit meinem Schal? Momentchen mal . . ., halt . . ., stop . . .,
you kill . . . me!» The End.

Lektion verpaßt

von Gillian Roberts

Die Zeitung schrieb etwas von «Putzfrauen-Selbst-mord», wodurch Claudias Tod etwas Triviales, Lä-cherliches bekam.

Claudia, die auf ein besseres Leben gehofft hatte, war in den Tod gesprungen aus jenem Gebäude, in dem sie gebohnert – und gestohlen – hatte. Ihr Ab-schiedsbrief war unter ihrem Foto reproduziert. In scharfkantiger Schreibschrift gestand sie, elektroni-sche Geräte gestohlen zu haben, und schrieb dann: «Im Gefängnis würde ich sowieso verrecken.»

Etwas war gräßlich falsch an ihrem Tod und ihrem Brief. Nicht etwas – vieles.

Vor sechs Monaten hatte sie einen von mir unter-richteten Diplomkurs für Erwachsene angefangen. «Erwarten Sie nicht zuviel von mir», sagte sie. «Na-thaniel, mein Freund, sagt, ich bin zu dumm zum Leben.»

Nathaniel hatte unrecht. Claudia war außeror-dentlich intelligent. Doch war sie auch eine Anal-phabetin. Dies suchte sie vor Nathaniel und allen anderen zu verbergen, indem sie tat, als sei sie ver-geßlich oder dumm. Ihre Kindheit, so erfuhr ich mit der Zeit, war ein einziger Alptraum gewesen. Sie hatte ihre ganze Energie zum Überleben aufgezehrt und deshalb keine Kraft mehr gehabt zum Lernen.

Jetzt, da sie von der Vergangenheit und ihren Eltern befreit war, wollte sie endlich zu sich selber finden. Leider wollte ihr tyrannischer Freund, daß sie «dumm» blieb, damit sie nicht «auf Ideen käme», zum Beispiel auf die, ihn zu verlassen. Seine Lektionen erteilte er mit den Fäusten, doch sie erzählte beharrlich, die blauen Flecke rührten von ihrer Ungeschicklichkeit.

Den Stoff des ersten Jahrs hatte sie schon nach einem Monat intus und übersprang die nächste Klasse. Sie war ein Wunderkind mit Spätzündung.

Nathaniels Wut auf uns beide wuchs. Er zerriß Claudias Lehrbuch und schrieb mir auf einen Fetzen des Vorsatzblattes die Warnung: «Wenn Sie nicht aufpassen, sind Sie es, die eine Lektion verpaßt bekommt.» Seine Handschrift sah aus wie ein Stacheldrahtverhau, jeder Punkt war Ausdruck seiner Raserei.

Er siegte. Claudia gab auf und schrieb mir eine kurze Nachricht: «Es ist zu schwierig.» Ich wußte, daß sie nicht den Kurs meinte. Ich rief an, aber Nathaniel war dran, und als er meine Stimme hörte, schrie er: «Lassen Sie sie in Ruhe, sonst bekommt ihr beide eine Lektion verpaßt, die ihr nie vergeßt.»

Und jetzt war Claudia tot.

Im Fernsehen wurde Nathaniel als ihr «trauernder Verlobter» bezeichnet, doch ich kannte ihn und hatte Claudia gekannt. Deshalb wußte ich, daß Nathaniel der Dieb gewesen war – und Claudias Mörder. Doch was sollte ich tun?

In diesem Augenblick sah Nathaniel direkt in die

Kamera, und seine Augen und sein Grinsen telegra-
fierten mir: «Hab ich nicht gesagt, daß ich dir eine
Lektion verpassen würde?»

Das hatte er. Taten sprechen lauter als Worte, und
er hatte sogar beides sprechen lassen. Nathaniel
hatte mich spüren lassen, wer er war. Den Gefallen
konnte ich erwidern.

*

Claudias «Abschiedsbrief» war Beweisstück Nr. 1.
In der Vergrößerung wurde deutlich, daß die eckige
Handschrift genau derjenigen auf Beweisstück Nr. 2
entsprach, Nathaniels Warnung an mich. «Lehrer
können sich keine neuen Lehrbücher leisten», gab
ich zu Protokoll. «Deshalb habe ich das von ihm Zer-
rissene zusammengeflickt, inklusive das Vorsatz-
blatt, auf das er geschrieben hatte.»

Die Schrift auf Beweisstück Nr. 3 paßte zu keiner
anderen. «Es ist zu schwierig», stand da in sorgfälti-
gen Blockbuchstaben.

«Claudia hat Blockschrift geschrieben», sagte ich.
«Nathaniel wußte nicht, daß sie Analphabetin war.
Er hat sie nie gefragt, was sie lernte. Sonst hätte er gesehen, daß Claudia als nächstes Lektionen in Handschrift gehabt hätte.»

Respekt vor Büchern und Geschriebenem ist das
mindeste, was man erwarten kann. Diese Lektion
dürfte ich Nathaniel beigebracht haben. Wenn nicht,
hat er den Rest seines Gefängnislebens Zeit, sie zu
lernen.

Aus dem Amerikanischen von Thomas Bodmer

Die Fusion

von Frank Grützbach

Geschafft! Amstetten war in der Toilette neben dem Konferenzsaal verschwunden – danach mußte er der Presse entgegentreten. Befriedigt betrachtete er sein Gesicht. Acht Stiche, vier in jede Gesichtshälfte, verteilt an zentralen Punkten der Muskulatur. Man spritzt ein leichtes Nervengift in die Nasenwurzel, das bewirkt eine sechsmonatige Lähmung. Danach ist das Gewebe wieder gestrafft. «Ungewöhnlich, aber kein Problem», hatte der Schönheitschirurg nach der Voruntersuchung gesagt. Um sieben hatte Amstetten die Klinik verlassen. Um zehn Uhr begann die letzte Sitzung vor der Fusion der beiden Konzerne. Der Zigarettenmarkt stagnierte, und der Zusammenschluß würde den internationalen Vorsprung sichern. Zudem stand in verschiedenen Ländern die Marihuana-Freigabe bevor. Amstetten hatte die nationalen Kampagnen diskret mitfinanziert.

Jetzt galt es nur noch, den Segen des greisen Bosses von Nutrico Food and Drug zu erhalten. Er hatte darauf bestanden, Amstetten persönlich zu treffen. Amstetten wußte, was der Alte von ihm wissen wollte: War der Tod seines Topmanagers vergangenen Sommer wirklich ein Unfall gewesen? Es gab keinen Grund, weshalb der Mann zwischen Frühstück und Lunch – mit einer Badehose bekleidet und einem Mobiltelefon in der Hand – über Bord gehen sollte.

Amstetten betastete vor dem Spiegel sein Poker-face. Er hatte um seine Schwäche bei diesem letzten entscheidenden Gespräch gewußt. Da war dieser nervöse Tick, der sich seit dem Sommer aufgebaut hatte. Erst war es nur ein Zucken der Mundwinkel gewesen, ein blitzartiges Zähneblecken, das sich noch in ein verbindliches Lächeln verwandeln ließ. Doch wer ihn länger kannte, wußte Bescheid: Er bereitete einen Winkelzug vor oder hielt eine Information zurück.

Amstetten war ein perfekter Verhandlungsstratege gewesen bis zu dem Tag, an dem sichtbar wurde, daß der nervöse Tick ihn selbst an das unschuldigste Rotkäppchen verraten würde. Der alte Fuchs von Nutrico wußte das. Nachdem die finanziellen Fragen abgehakt waren, schickte er den Rest der Verhandlungspartner barsch aus dem Konferenzraum. Ohne Vorwarnung fiel er über Amstetten her: «Pläne für einen Einstieg ins Marihuanage-schäft?» «Eine Unterstellung, die ich zurückweise.» «Was hatte mein Topmanager gegen Sie in der Hand, daß es zu diesem Unfall kam?»

Amstettens Augen bewegten sich in seinem starren Gesicht, als lägen sie in dem matten Blattgold einer Ikone eingebettet. «Nichts. Was immer Sie unterstellen wollen: Ich habe nichts damit zu tun.» Die Unterlippe des Alten fiel herunter. Bohrend starrte er durch Amstettens Maske hindurch, direkt in die

Augen. Die letzte Möglichkeit, bei Amstetten eine Schwäche zu erkennen. Aber dessen Pokerface hielt. Gute Arbeit, Doktor Chung. «Geben Sie den Vertrag her», herrschte der Alte ihn an, zog sein Exemplar zu sich heran und setzte eine altertümliche Unterschrift darunter.

Geschafft! Amstetten nickte sich knapp im Spiegel zu. Vor dem Konferenzsaal wartete eine ausgewählte Schar von Journalisten und Wirtschaftsfachleuten. Sein Auftritt hier und die Nachricht von der Unterschrift würden die ersten wesentlichen Schritte sein für den Erfolg der neuen Aktien an der Börse. Mikrofone und Recorder wurden ihm hingehalten, Fragen prasselten auf ihn ein. Amstetten spürte die plötzliche Stille. Die Referentin für Öffentlichkeitsarbeit machte das kleine Smile-Zeichen. Amstetten begriff nicht.

«Es ist schiefgegangen», sagte einer der Journalisten.

«Aber ich bitte Sie, nein», entgegnete Amstetten, «wie kommen Sie denn darauf?» Er versuchte zu lächeln. Aber das Hochgefühl verwandelte sich in seinen Gesichtszügen zu keinem Lächeln. Acht Spritzen. Gezielte Muskellähmung.

«Dann sind Sie über den Tisch gezogen worden», hörte Amstetten einen Fernsehjournalisten sagen. Die Rotlichter an den Kameras brannten. Die Referentin winkte verzweifelt mit ihrem Cardin-Tüchlein. Aber er brachte kein Strahlen, kein Lächeln zustande, auch kein noch so winziges. Maskenhaft starrte er in die Kameras. Er spürte,

118

wie der Aufsichtsratsvorsitzende hinter ihn trat. «Amstetten, dieser Auftritt kostet uns Millionen.» Dann schob er ihn beiseite.

Praktisches Geschenk

von Anne Sievers

«Was soll das sein?» Ernies borstige Brauen berühr-
ten fast den Haaransatz.

Bea lächelte vorsichtig. «Sukiyaki. Das ist japa-
nisch.»

«Japsenfraß? Zu Weihnachten?» Ernie reckte das
klobige Kinn. An seiner Schläfe schwoll eine Ader.

«Denk an dein Herz, Schatz!» sagte Bea besorgt.

Ernie drehte sich schweigend um und verließ tü-
renknallend das Haus. Unglücklich blickte Bea auf
das mühselig in hauchdünne Scheiben geschnittene
Filet.

Als Ernie zwei Stunden später wiederkam,
schnüffelte er. «Du hast geraucht!»

«Nur eine», sagte sie entschuldigend.

«Meinst du, ich hole dich aus diesem Loch von
Titten-Bar und gebe dir meinen guten Namen, bloß
damit du mein Haus verqualmst und Japsenfraß
kochst?» Ein schwerer Gegenstand landete klat-
schend auf dem Tisch. «Da. Gans. Das gibt's heute.
Schließlich ist Heiligabend, klar?»

Ja, dachte Bea. Und wenn ich jetzt eine Schar netter Männer im Topless-Café bedienen würde statt
eines cholerischen Miesepeters, wäre dieser Heiligabend bestimmt gar nicht so schlecht.

Sie machte sich an die Arbeit. Am Abend plazierte sie die Platte mit der gebratenen Gans stolz in der Mitte des festlich gedeckten Tisches, zwischen Rotkohl und Klößen. Beherzt stach sie mit der Fleischgabel zu und zückte das Tranchiermesser. Das heiße Gänsefett spritzte auf Ernies Nase und seine gute Krawatte. «Wenn dein Verstand nur halb so groß wäre wie dein Busen», knurrte er.

«Liebster, ich tue mein Bestes», sagte sie nachsichtig. «Das Messer könnte etwas schärfer sein, weißt du.»

«Warte mal.» Ernie stand auf und kramte ein Päckchen unter dem Weihnachtsbaum hervor. «Ich geb' dir schon mal dein Geschenk.» Bea schluckte gerührt. «Für mich?» fragte sie zaghaft. Der gute Ernie!

Bea riß das Papier auf. «Ein Elektromesser!» staunte sie.

Er nickte selbstgefällig. «Ein praktisches Geschenk. Unentbehrlich zum Tranchieren großer Fleischstücke.»

Bea strahlte. «Wie lieb von dir!»

«Wenn du weiter so dämlich quatschst, wird das Essen kalt. Los, probier's aus. Nein, verdammt, zuerst einstecken.»

Bea hantierte unbeholfen mit dem Kabel, während Ernie sich Klöße und eine Riesenportion Rotkohl auf den Teller schaufelte. «Das schneidet sogar Knochen», sagte er kauend. «Jetzt schalt es doch endlich ein! Du liebe Zeit, wie kann ein einzelner Mensch nur so blöd . . . aaahhh!» Rotkohl spuckend, riß er in einem Regen von Blut die Hand zurück, die

121

er in Richtung Elektromesser ausgestreckt hatte. Der Zeigefinger lag in der Rotkohlschüssel.

«Oh, das tut mir unheimlich leid, ehrlich!» stammelte Bea, in Grauen gebannt die kleine Blutfontäne anstarrend, die aus dem Stumpf sprudelte. «Bitte reg dich bloß nicht auf, denk an dein Herz! Äh, wie das blutet!» Sie biß sich entsetzt auf die Unterlippe. «Hier, willst du nicht besser die Serviette drauftun? O Ernie, tut's sehr weh? Ob man ihn dir wieder annähen kann?»

Ein Ächzen drang aus Ernies Kehle. Sein Gesicht war so weiß wie seine Serviette. Vor Schmerz keuchend, stieß er Bea beiseite und griff mit der unversehrten Hand ungeschickt nach seinem Finger. Die Hand immer noch um das vibrierende Elektromesser gekrampft, sprang Bea erschrocken zurück, als Ernie laut brüllend neben dem Weihnachtsbaum zusammenbrach. Seine Hand, die eben noch in die Schüssel gelangt hatte, hing in einem merkwürdigen Winkel herab.

Fassungslos wimmernd ließ Bea das Unglücksmesser fallen. «Ernie, das ist Wahnsinn, deine ganze Hand!» stöhnte sie, als seine schrillen Schreie abgehackter und leiser wurden. Soviel Blut! Sie mußte sofort eine Ambulanz rufen. Ihr Blick richtete sich in morbider Faszination auf den armen Ernie. Gurgelnde Geräusche kamen aus seinem Mund. Plötzlich krallte er nach seiner Brust, dann fiel er schlaff neben das praktische Geschenk, das, immer noch leise brummend, unter dem Weihnachtsbaum lag.

Tom Dooley

von Christa Weber

Das Hotel, dieser gewaltige Kasten mit mehreren hundert Zimmern, endlosen dunklen Fluren und glanzvollen Speise- und Festsälen, steht nicht mehr. Irgendwann nach unserer Zeit ist es niedergebrannt. Ob Brandstiftung dahintersteckte? Wundern würde es mich nicht bei all den Gerüchten über gestohlene Juwelen, vergiftete Drinks und einen italienischen Koch, der mit einer steinreichen Engländerin abreiste, während das Roastbeef im Ofen anbrannte. Es war die Zeit des Kriminaltangos, jedes Verbrechen hielt man für möglich.

Mutter hatte, wenn wir logierten, immer eine Strickleiter dabei. Falls Feuer ausbrechen sollte. Sie war da eigen. Auch ins Theater ging sie nur, wenn sie einen Platz am Rand bekam.

Die Ferien, die wir in diesem Hotel verbrachten, waren immer sehr schneereich. Es dunkelte früh. Stundenlang fielen Flocken vom Himmel. Wir Kinder konnten uns nicht vorstellen, daß ein Haus brennt, wenn es schneit. Die Idee des nächtlichen Abseilens erfüllte uns mit Grauen.

Daß es nie dazu kam, mag Zufall sein.

Ein anderes Ereignis, ein böser Zufall, hat sich jedoch in jenen Tagen hier zugetragen. Ich erinnere mich daran, wie wenn es gestern gewesen wäre: riesengroßer Saal, an den Rand gerückte Tische, mit Samt überzogene Bühne, darauf vier Musiker – Thé dansant –, die schweren Vorhänge sperren die letzten Reste von Tageslicht aus. Ein halbes Dutzend Paare dreht sich zu leichten Klängen.

Kaum hat die Familie Platz genommen und Getränke bestellt, verstummt die Musik. Die Paare lösen sich auf, kehren zu ihren Tischen zurück. Die Orchesterleute legen die Instrumente beiseite, erheben sich gähnend, schütteln Arme und Beine, ziehen die Bügelfalten gerade und lassen sich etwas zu trinken bringen.

Seit die Musik aufgehört hat, benehmen sich die Kinder unmöglich. Sie kichern und blasen durch die Strohhalme in die Limonade – der Vater hat das streng verboten. Wie sie das schwankende, untergehende Schiff auf der Tischlampe entdecken, beginnen sie im Takt zu schunkeln und schließlich mit den Stühlen zu wippen. Der Vater droht mit Heimreise. Der Dreijährige plärrt, weil sein Glas zerbrochen ist. Glücklicherweise machen sich die Musiker schon wieder an den Instrumenten zu schaffen. Die Mutter hat eine Idee, flüstert sie ihrer Ältesten zu. Diese ist begeistert und macht sich auf den Weg.

Etwas befangen überquert sie die leere Tanzfläche. Sämtliche Blicke fühlt sie auf sich ruhen: erwartungsvolle, skeptische, gleichgültige. Es ist kein abwegiger Musikwunsch, den sie von der Mutter zu überbringen hat. Sie wünscht sich den Schlager, der in aller Munde ist und dessen Text ihr immer einen Schauer über den Rücken jagt. Erzählt wird von einem, der gehängt werden soll, im Refrain wird ihm beschieden, daß er den nächsten Tag nicht mehr erleben werde. Bestimmt sind die Musiker glücklich, daß aus dem Publikum eine Anregung kommt. Ein Schlager, der ihnen geläufig ist. Die letzten Schritte vor der Bühne nimmt das Mädchen wie auf dem Eisfeld in einem Rutsch. Schon steht es vor dem Kapellmeister. Aus dem Kind sprudelt es heraus, man möge doch bitte den «Tom Dooley» spielen. Der Kapellmeister schaut ihm ernst in die Augen. «Aber das ist unmöglich», sagt er langsam, «Tom Dooley ist tot!»

Perplex kehrt das Kind an seinen Platz zurück. «Keine Angst», sagt die Mutter, «er hat nur gescherzt. Er hat dich schon verstanden, du wirst sehn!» Sie lächelt zuversichtlich.

Als die Familie den Saal eine Stunde später verläßt, hängt der Musikwunsch noch immer unerfüllt im Raum. Das Kind ist tief enttäuscht. Vor dem Abendessen auf dem Zimmer spielt es mit seinen Schwestern noch ein wenig mit den Püppchen aus der Puppenstube. Zwei Männer spielen die Hauptrolle. Jener im blauen Anzug verkörpert Tom Dooley. Mit einem Stück von Mutters Wolle um den Hals wird er an einen Legobaum geknüpft. Daneben hängen sie einen im schwarzen Anzug. «Der Kapellmeister», sagt das große Mädchen.

Am folgenden Tag fiel der Thé dansant aus. Wegen Unfalltods des Kapellmeisters. Über Mittag war er Tiefschnee gefahren und dabei in eine Lawine geraten.

Echt wahre Story

von David M. Pierce

Ich hatte Durst, es war Zeit, mich an die Arbeit zu machen, und so wandte ich mich an den Typen auf dem Barhocker neben mir.

«Entschuldigen Sie, Sir, Sie sehen wie ein intelligenter Mann aus. Wissen Sie, wer gesagt hat: ‹Wenn ich vor der Wahl stünde, mein Land zu verraten oder meinen besten Freund, hätte ich hoffentlich den Mut, mein Land zu verraten›?»

«Winston Churchill vielleicht?»

«Genau, Sir!» Ich spielte unauffällig mit meinem (leeren) Glas. «Komischerweise hab' ich mal vor der Entscheidung gestanden, meinen besten Kumpel in den Tod zu schicken oder meinen Ruf, meinen Lebensunterhalt, mein Heim und meine Freundin zu verlieren.»

«Du beginnst mich zu interessieren, Freundchen», sagte der Typ und signalisierte Fingers Finnegan, er solle nachschenken – uns beiden –, mir also einen Seagrams 7 mit einem Bier zum Nachspülen.

«Als ich noch in L.A. arbeitete», sagte ich, «erhielten ich und mein Partner Bill eines Abends den Auftrag, die Ausstellung ‹Katze des Jahres› im Beverly Hilton zu besuchen und all die Silberpokale im Auge zu behalten, all die Wahnsinnsklunker der

Damen und all die gepuderten Katzen mit Stammbaum. Oh. Danke, Fingers. Auf Ihr Wohl, Sir.

Ein Filmmogul hatte unsere Anwesenheit gewünscht, dem man nur unter großem finanziellem
und körperlichem Risiko ‹nein› sagte und dessen
siebente Frau einen der Favoriten für den Katzen-
Oscar besaß, eine langhaarige Burmesenkatze namens Nam-Nam Sri Lanka II – Kosename ‹Noodles›
–, zu deren Garderobe eine Menge Silberlamé ge-
hörte, außerdem ein rubinbesetztes Halsband mit
einem goldenen Glöckchen dran.

Gegen zwei Uhr früh hab' ich dann den Mogul
und seine Kindfrau zu ihrem luxuriösen Bungalow
hinter dem Swimmingpool geleitet; sie mit dem ersten Preis im Arm und dem Flohtaxi, das ihn ge-
wonnen hatte. Man sagte sich gute Nacht, und ich
ging zurück zu Bill in das alles andere als luxuriöse
Zimmer hinter dem Wäschereischuppen. Ungefähr
eine Stunde später ging er sich die Beine vertreten.
Als nächstes», sagte ich und leerte den letzten Rest
Whisky, «kam der Morgen, dann kam der Zimmer-
service mit dem Frühstück, bei dem ich, da es auf
Rechnung des Filmmoguls ging, tüchtig reinge-
hauen hab', ganz im Gegensatz zu Bill. Und danach,
Sir, kam es dick. Denn in den frühen Morgenstun-
den war ‹Noodles› verschwunden.»

Ich schmatzte nach dem letzten Schlückchen Bier
genüßlich. «Was außerdem kam, war ein Ultima-
tum des Moguls: Ich hätte eine Stunde Zeit, die
Katze zu finden, wenn nicht, würde ich nie mehr in
dieser Stadt arbeiten, überhaupt keiner Stadt in den

USA, Kanada oder Mexiko, die groß genug war, daß es gepflasterte Straßen gab. Während eine Armee von Sicherheitsleuten und Polypen das ausgedehnte Gelände durchkämmte, entdeckte ich im Bungalow, daß das Küchenfenster, welches hinter einem geschlossenen Rollo verborgen war und sich direkt über Nam-Nams handgeflochtenem Körbchen befand, einige Zentimeter weit offenstand. Damit – voilà – war der Fall gelöst.»

Ich legte eine Pause ein und seufzte. Der Typ seufzte ebenfalls, hatte dann aber das Format, Fingers noch einen zu signalisieren. «Damit bist du am Limit, Freundchen», sagte er säuerlich, und dann: «Bill. Dein Partner. Er aß kein Frühstück, na und?»

«Ist Ihnen je ein Elf-Kilo-Hund, halb Eskimohund, halb Dalmatiner, mit einer Prise Collie, untergekommen, der keinen Hunger hatte?» sagte ich.

«Was für ein gottverdammter Hund?» fragte der Typ.

«Der Hund da.» Ich zeigte auf den ungeputzten Fußboden zwischen unseren Hockern. «Mein alter Kumpel und bester Freund Bill.» Es handelte sich in Wirklichkeit um Fingers' Promenadenmischung. Bei der Erwähnung seines Namens öffnete er kurz ein rot geädertes Auge. «Als ich ihn rausgelassen habe, muß er Nam-Nam gefressen haben, ratzeputze. Oh. Danke, Fingers. Auf Ihr Wohl, Sir.» Aus irgendeinem Grund sah mich der Typ scheel an.

«Bis auf das Glöckchen», sagte ich. «Das habe ich in Bills Reisedecke gefunden. Somit waren meine Tage in der Stadt gezählt, Amigo, denn nie im Leben hätte ich meinen Compadre verpfiffen. Ich habe das Glöckchen also meiner Liebsten gegeben als Armband-Anhänger und bin abgehauen.» Das tat wenig später auch der Typ neben mir.

Bald traf ein neuer Kunde ein und rutschte auf den leeren Hocker neben mir.

«Entschuldigen Sie, Sir», sprach ich ihn an, «Sie sehen wie ein intelligenter Mann aus.» Der Kerl ignorierte mich. «Kennen Sie das klassische Dilemma, daß Ihr Haus brennt, und Ihnen bleibt nur Zeit, ein einziges Ihrer Besitztümer zu retten? Als ich auf dem Höhepunkt meiner Karriere als Privatdetektiv in Beverly Hills stand, wurde eines Nachts ein Brandanschlag auf mein Haus verübt. Dies stellte mich vor eine schreckliche Entscheidung. Doch nicht das Sèvres-Porzellan, die Jadefiguren oder meine Münzensammlung habe ich gewählt, sondern eine entwertete Busfahrkarte Minneapolis–St. Paul!»

«Echt wahr?» sagte der Trottel und drehte sich in meine Richtung . . .

Aus dem Amerikanischen von Thomas Bodmer

Ein kleiner Schnitzer

von Aaron Elkins
Mit freundlicher Genehmigung der Liepman AG, Zürich

Bei der Abklärung von Mordfällen breche ich nicht oft in Gelächter aus, doch diesmal war es so.

Ich saß in meinem Büro der University of Washington in Port Angeles, gelangweilt und ruhelos. Ich war gerade aus Bern zurückgekommen, wo ich an einer Tagung der Internationalen Gerichtsmedizinischen Vereinigung teilgenommen hatte, und sah meine Notizen für die Nachmittagsvorlesung durch, als das Läuten des Telefons mich beim Gähnen unterbrach. Ein alter Kumpel, Spezialagent John Lau vom FBI-Büro in Seattle, war dran.

«Hallo, Doc, willkommen daheim, hättest du ein, zwei Stunden Zeit? Wir haben da ein paar Knochen, bei denen wir deine Hilfe brauchen.»

Eine bessere Aufmunterung wäre nicht möglich gewesen. Wenn das FBI von Knochen spricht, dann sind auch Knochen gemeint – keine Vorlesung, kein Seminar, keine Diskussion über das Thema Knochen, sondern wirkliche Knochen, diese geheimnisvollen, unendlich faszinierenden Dinger, die so viele Gedanken und Gefühle heraufbeschwören können.

«Ich habe Zeit», sagte ich voll Dankbarkeit. «Worum geht's?»

Die Knochen, sagte John, lägen auf dem Quilcene Ridge, in der Nähe einer abgelegenen Straße im

Wald. Sie waren am Vortag von einem Wanderer entdeckt worden, der beim Ausheben einer Latrine mit dem Spaten auf einen menschlichen Schädel gestoßen war. Da es sich um Bundesgebiet handelte, war das FBI gerufen worden und hatte nach wenigen Stunden ein fast vollständiges menschliches Skelett freigelegt. In den 18-Uhr-Nachrichten war darüber berichtet worden, und um 18.30 Uhr war ein riesenhafter Kerl, ein Rumtreiber namens Bud Pearson, auf der Polizeiwache von Port Angeles aufgetaucht und hatte unter Tränen die zwei Jahre zurückliegende Ermordung seiner 18jährigen schwedischen Freundin gestanden.

Er habe sie bei einem Streit im Suff totgeschlagen, sagte er, ihre Leiche in den Kofferraum seines Autos gestopft und sei zum Quilcene Ridge hinaufgefahren, um sie zu vergraben. Jetzt, nachdem er diese armen, jämmerlichen Knochen im Fernsehen gesehen habe, könne er seine Tat nicht mehr für sich behalten.

Als das FBI ihn am folgenden Morgen zum Ridge hinaufgefahren hatte, hatte er benommen vor sich hin gemurmelt und zunächst darauf bestanden, die Frau am Fuß einer Tanne vergraben zu haben, die rund neun Meter entfernt von der tatsächlichen Fundstätte lag, doch als er das Grab sah, war ihm alles wieder eingefallen. Er war zusammengebrochen und danach, ein tränenfeuchtes Häufchen Elend, weggebracht worden.

Das FBI hatte die Exhumierung sauber ausgeführt, die Erde entfernt, ohne die von keinen Gelen-

ken mehr verbundenen Knochen durcheinanderzu-
bringen. Ich legte mein Werkzeug bereit und kniete
mich hin, um mir die Sache gründlich anzusehen.

Und da habe ich dann eben laut gelacht.

John, der mir zusah, runzelte die Stirn. «Was ist
da komisch?»

«Außer daß wir es mit einem Mann zu tun haben
statt mit einer Frau, daß er in den Vierzigern ist und
nicht unter zwanzig, daß es ein Indianer ist, keine
Skandinavierin, und daß er nicht seit zwei Jahren
hier liegt, sondern seit, na ja, acht- bis zehntausend
Jahren – abgesehen davon ist da nichts komisch.»

Er sah so verblüfft drein, daß ich nochmals lachen
mußte.

Ich erklärte den Sachverhalt so einfach wie möglich. Die ausgeprägten Stirnwülste und die Warzen-
fortsätze des Schläfenbeins schrien förmlich zum
Himmel, daß es sich um einen Mann handelte; jede
Naht des Schädels war vollkommen geschlossen
und verknöchert, ein verläßliches Anzeichen mittle-
ren Alters; die flachen, breiten Backenknochen und
die schaufelförmigen Schneidezähne waren indiani-
sche Merkmale, die in Skandinavien wohl schwer
zu finden wären. Und was die Frage betraf, wie
lange die Knochen schon im Boden vergraben waren . . .

«Hier», sagte ich und ließ ein Oberschenkelbein in
seine Hand fallen.

«Mensch, ist der schwer.»

«Ja, weil das gar kein Knochen mehr ist, sondern
ein Stein. Der ist versteinert, John, und das geschieht

nicht im Lauf von zwei Jahren oder zwei Jahrzehnten. Das ist die Grabstätte eines Urmenschen, nicht eines Mordopfers jüngeren Datums. Eurem Pearson ist da ein kleiner Schnitzer unterlaufen.»

Mit dem Oberschenkelbein in der Hand stand John da und fragte: «Aber – was zum Teufel hat er denn wirklich mit dem Mädchen angestellt?»

«Als erstes», sagte ich und stand auf, «würde ich mal am Fuße dieser Tanne nachsehen.» Und mit einem Lächeln: «Wenn ich schon ein Honorar kriege, kann ich auch etwas dafür tun. Hast du einen Spaten?»

Aus dem Amerikanischen von Thomas Bodmer

Seit Wochen

von Conny Lens

«Gewürgt hat er sie!» Veras Stimme zitterte.

«Mein Gott!» Agnes biß in ihre Faust. Seit Wochen machte diese Sexbestie das Seeufer unsicher.

«Sie kam aus dem neuen Spielkasino», sagte Vera, «und war auf dem Heimweg.» Sie nahm eine Zigarette. «Die Polizei meint, daß der Kerl hier irgendwo wohnt.»

«Wieso das?»

Vera senkte die Stimme. «Die Frau soll gesagt haben, daß ihr der Kerl irgendwie bekannt vorgekommen sei.»

Ein Geräusch. Carl erschien im Türrahmen. «Ich geh' noch ein bißchen spazieren.»

«Hast du die Antenne gerichtet?» fragte Agnes. «Auf dem Fernsehschirm ist kaum noch was zu erkennen.»

«Oh, ich . . .» Um seine Augen zuckte es nervös. «Ich mache es morgen. Bestimmt.» Bevor sie etwas sagen konnte, war er zum Zimmer hinaus. Kurz darauf rumste die Haustür ins Schloß.

Vera guckte erstaunt. «Ist der schon lange so?»

«Ein paar Wochen.» Agnes stand auf und stellte die Tassen in die Spüle. «Im Büro geht wohl alles drunter und drüber.»

«Und dagegen helfen Spaziergänge?»

«Sie beruhigen ihn, sagt er.»

«Ich muß los.» Vera küßte sie auf die Wange.

Agnes blieb am Fenster stehen und sah ihr nach. Dann wandte sie den Kopf und blickte in die Richtung, in die Carl abends immer verschwand. Ein Verdacht stieg in ihr auf.

Am Freitag abend ging sie Carl hinterher. Immer dicht den Hecken entlang. Stets bereit, in einen der Gärten zu huschen, falls er sich umdrehte. Aber Carl drehte sich nicht um. Er ging zielstrebig. Im Wald verlor sie ihn aus den Augen. Sie blieb stehen, sah sich um und . . . entdeckte das Schimmern zwischen den Bäumen. Der See. Agnes schlug sich die Hand vor den Mund, um nicht zu schreien.

Von diesem Augenblick an ging ihr nur ein Gedanke durch den Kopf: «Wie?» Es mußte nach einem Unfall aussehen. Man las doch ständig von Ehemännern, die an Stromleitungen herumbastelten. Oder mit der uralten Kettensäge . . . Oder . . ., oder die auf wacklige Leitern stiegen! Wie leicht konnte man da abrutschen. Besonders, wenn die oberen Sprossen gut eingefettet waren.

Carls Hände zitterten vor Erregung. Wieder war es schiefgelaufen. Wie beim letztenmal. Und er hatte sich so geschworen, besser aufzupassen. Sich zurückzuhalten. Aber es ging einfach nicht.

Dabei hatte er es jahrelang unterdrückt. Nachdem er Agnes geheiratet hatte, war es weggeblieben. Doch dann . . .

«Carl», sagte Agnes. «Du versprichst es seit Tagen.»

Er schrak aus seinen Gedanken auf. «Was?»

«Die Antenne zu richten.»

«Morgen, Schatz.» Er sah den Zorn in ihren Augen und stand auf. «Okay, ich mache es sofort.»

Als er aus dem Haus trat, sah er, daß Agnes die Leiter schon gegen den Giebel gelehnt hatte.

∗

Es war kein Polizeiwagen, der vor dem Haus hielt. Trotzdem wußte sie sofort, ihr war ein Fehler unterlaufen.

«Frau Geerds?» Der Mann sah sie fest an. «Es geht um Ihren verstorbenen Gatten.»

«Ich weiß», sagte Agnes.

«Sie haben mich erwartet?»

Agnes nickte. «Es konnte ja nicht gutgehen.»

«Dann wollen Sie also zahlen?»

«Wie bitte?» Ihr Mund blieb offen.

«Oh, entschuldigen Sie.» Er deutete eine Verbeugung an. «Kress. Ich bin Croupier in dem neuen Spielkasino am See. Ihr Mann war in den letzten Wochen oft unser Gast.»

Ihr Verstand setzte aus.

«Ich habe hier die von ihm unterschriebenen Schuldscheine.»

Hochland

von Arthur Winfield Knight

«Sie hieß Farn», sagte Sam. «In jenen letzten Monaten schien dieser Name auf schreckliche Weise zu
ihr zu passen, weil sie einen solch großen Teil ihres
Lebens im Schatten verbrachte.»

Mit zitternden Händen zündete er sich eine Zigarette an. Bisher hatte ich übersehen, wie klein und
zerbrechlich er war. Es mutete seltsam an, weil die
Filme, in denen er Regie geführt hatte, für ihre Ge-
walttätigkeit berühmt waren. In den frühen 70er
Jahren hatte er deshalb als Inbegriff des Machos ge-
golten. Aber seine Filme waren auch Studien über
das Leben in unserer Zeit, obwohl sie im Wilden
Westen spielten, und meiner Meinung nach gab es
keinen zweiten Filmemacher wie ihn.

In weniger als einer Woche hatte ich ihn gefunden. «Er wird irgendwo an der Nordküste sein»,
hatte seine Schwester mir gesagt, «oder in einem
Bordell in Nevada oder in der Hütte bei Sonora, wo
wir als Kinder hinfuhren.» Sie hatte beinahe recht.
Er hatte sich in einem alten Hotel einquartiert, in
Jamestown, im Vorgebirge der Sierra Nevada. «Ich
möchte, daß Sie Kontakt mit ihm aufnehmen, bevor
die Polizei es tut», hatte seine Schwester hinzuge-
fügt. «Mein Anwalt meint, Sam würde glimpflicher
davonkommen, wenn er sich stellt.»

Er saß auf der Couch neben einem ausgestopften Affen und einer abgegriffenen Bibel; an seinem Hals hing ein Kruzifix. Ich hatte ihn nie für fromm gehalten, aber er war Mitte 60 und brauchte Hilfe, egal, wo sie herkam. «Es war das Härteste, was ich je tun mußte», sagte Sam. «Tag für Tag zusehen, wie meine Frau stirbt, in drei verschiedenen Krankenhäusern. Und ich hatte gedacht, filmen sei schwierig. Es war einfach nicht fair. Sie war erst 30. Um Gottes willen – sie war ein Kind.» Er sprach leise, und als er die Zigarette ausdrückte, hustete er. «Halten Sie das für fair», fragte er, «daß sie Krebs hatte?»

«Ich wüßte nicht, daß das Leben je fair wäre», sagte ich, weil ich nicht wußte, was ich sonst erwidern sollte. Er stand auf und ging auf den Balkon. Es war Mitte März, zu früh für Touristen, aber die Händler machten sich schon für sie bereit. Vor einem Laden hing eine Kleiderpuppe an einem Pfahl, einen Strick um den Hals.

Vor über 100 Jahren war die Gegend Goldgräberland gewesen, und viele Männer waren gehängt worden. Sams Augen wurden feucht, es fröstelte ihn auf dem Balkon. Ich berührte ihn an der Schulter: «Sollten wir nicht wieder hineingehen?» «Nein. Ich mag die Kälte», sagte er. «Wenn mich fröstelt, fühle ich wenigstens etwas. So weiß ich, daß ich lebe.» Doch ich führte ihn zurück ins Zimmer.

«Ich erinnere mich an den Nachmittag, als sie bei Farn einen Knochenmarktest machten», sagte er. «Sie baten mich, aus dem Zimmer zu gehen. Und dann hörte ich Farns Schreie. Ich hielt mir die Ohren zu, aber ich hörte sie noch immer. Ich machte den Mund auf, und vielleicht fing ich ebenfalls zu schreien an, ich weiß es nicht. Bald darauf gab mir jemand eine Spritze, um mich zu betäuben. Aber danach ging der Schmerz nicht mehr weg. Die Ärzte sagten mir immer wieder, Farn würde nicht sterben, aber ich wußte, daß sie logen. Es konnte Monate oder sogar Jahre dauern, aber sie würde sterben, und der Schmerz würde nicht mehr nachlassen.»

Sam wischte sich mit dem Handrücken über die Augen. «Um neun Uhr früh ging ich jeweils ins Krankenhaus, und ich blieb dort bis abends um neun. Dann ging ich in mein Zimmer zurück und trank eine Sechserpackung Bier. Wahrscheinlich hätte ich so weitermachen können, aber sie fiel ins Koma. Ich wurde ins Krankenhaus gerufen. Farns Augen waren offen, sie schaute mich an, aber ich wußte, sie sah mich nicht. Und dann, so wahr mir Gott helfe, wußte ich, was ich tun würde. Was ich tun mußte.»

Ich wollte ihm etwas Tröstliches sagen, aber mir fiel nichts ein. Ich wollte ihm sagen, er solle ins Hochland verschwinden wie im Film, aber das konnte ich nicht. Niemand hat das Recht zu töten.

«Ich glaube, wir sollten gehen», sagte ich und reichte ihm den ausgestopften Affen und die Bibel, damit er sich an etwas festhalten konnte. Als wir die Treppe hinuntergingen, sagte ich: «Sie sollen wissen, wie sehr ich Ihre Filme mag.» Er drückte nur den ausgestopften Affen an sich und starrte hinüber zu dem Gehängten.

Aus dem Amerikanischen von Elfie Riegler

Tod im Sommerbad

von Jürgen Knopp

Drei Mütter hatten den Rothaarigen zuerst gesehen. Wild gestikulierend setzten sie dem beleibten Mann in der weißen Turnhose auseinander, wie der Bursche hineingeschlichen sei ins Mädchenhaus, wie er sich mit fieberheißen Augen immer wieder ängstlich umgeschaut habe. Als Bademeister Brummgruber endlich das Ausmaß der Gefahr zu begreifen schien, rannten die Mädchen bereits kreischend aus dem Kabinentrakt. Doch wer wußte zu sagen, ob wirklich allen die Flucht gelungen war?

Zehn bange Minuten später traf Wachtmeister Sepp Niedermüller im Freibad am Waldrand ein.

Brummgruber stieß den Zeigefinger von sich weg wie ein Bajonett. «Mei, Sepp, do isser nei, zu die Madeln!» Die Worte, sie kamen dem Bademeister zerhackt über die Lippen. Die Augen unter den buschigen Brauen blickten entsetzt.

«Kruzifix!» murrte der hagere Ortspolizist. Da wagte es tatsächlich einer, ausgerechnet in der Mittagshitze seine Autorität herauszufordern. Mit seiner schnabelartigen Nase und dem fliehenden Kinn wirkte Niedermüller wie ein zorniger Gimpel, der sich als Polizist verkleidet hatte.

Mißmutig hob er die Dienstmütze vom dürr be-

struppten Schädel, wischte sich mit dem Handrük-
ken die Schweißperlen von der Stirn und stieß die
Kopfbedeckung verwegen in den Nacken zurück.
Und wie zum Zeichen der Verachtung zerrte er ein
Tuch aus der Hosentasche, entfaltete es ohne Hast
und preßte es gegen seine Schnabelnase. Mit einem
Trompetenstoß entlud sich der Inhalt in den grauen
Stoff.

In diesem Moment riß der Geduldsfaden des Ba-
demeisters. Mit hochrotem Kopf schnappte er nach
Luft. «Denkst net, Sepp, daß die Sach pressiert?»
flehte Brummgruber inständig.

«Net so hastig, Gustl», brummte Niedermüller.
Mit der ganzen Würde seines Amtes begann er,
langsam den Druckknopf seiner Pistolentasche zu
lösen. Das Entsichern der Waffe gelang nicht gleich
beim ersten Versuch. Doch als sie endlich schußbe-
reit in seiner Faust ruhte, stand der Amtshandlung
nichts mehr im Wege.

Vorsichtig, als bewege er sich durch vermintes
Gelände, näherte sich Niedermüller dem Eingang
des Mädchentrakts. Dann verschluckte das Laby-
rinth der Kabinen den Beamten mit Haut und
Dienstmütze, und ein vielkehliges Raunen gab ihm
Geleit auf seiner riskanten Mission.

Das Bimmeln vom Kirchturm drang ans Ohr der
angst und bang Wartenden. Zwölfmal erscholl die
Glocke vom Ort herüber. Und der letzte Schlag ver-
ebbte in Zeit und Raum.

Niedermüllers Schrei zerriß die flirrende Luft wie
ein Peitschenschlag. Einen Augenblick später stob

141

der Rothaarige aus dem Gebäude, als jagten ihn die Höllenhunde des Leibhaftigen.

«Bleibst stehn, Kruzifix!» brüllte Niedermüller hinterher. Mit schweren Stiefeln nahm er die Verfolgung auf. Doch nach wenigen Schritten erkannte er die Sinnlosigkeit seiner Bemühung.

«Schieß doch, Sepp, Himmiherrgott, Sepp, was wartst denn?» schrillte es aus den Reihen der versammelten Badegäste.

Und Niedermüller schoß. Erschreckend das Krachen. Entsetzlich der Todesschrei. Der Rothaarige überschlug sich, wirbelte durch die Luft, rutschte übers Gras. Zuckend und zitternd glitt das Leben aus ihm heraus.

Ungläubig starrte Niedermüller auf die Waffe in seiner Faust. Das war das erstemal, daß er getroffen hatte. Das erstemal, daß er überhaupt geschossen hatte im Dienst. Eine kleine Ewigkeit verstrich, dann erschien – zaghaft – ein zufriedenes Lächeln auf seinem Gesicht.

Und als hätte sein Publikum nur darauf gewartet, brach auf der Liegewiese sogleich Jubel aus.

∗

Das Heimatblatt meldete den Fall groß. Es ließ keinen Zweifel daran, daß die heimtückische Krankheit den Eindringling wohl zum Äußersten getrieben hätte. Nur Niedermüllers gezielten Todesschuß sei es zu verdanken gewesen, daß Schlimmeres habe verhütet werden können.

Einen kleinen Schönheitsfehler hatte die Angelegenheit dennoch. Nicht, daß jemand dem wackeren Polizisten später etwas übelnahm. Aber die Obduktion ergab, daß der Rothaarige unschuldig hatte sterben müssen. Keine Spur von Tollwut wurde in seinem Blut nachgewiesen.

Niedermüller hatte einen kerngesunden Fuchs zur Strecke gebracht.

Die Mieterin

von Ann Camones

Eines Nachts fing die alte Sumpfkuh Lehmann an, im Schnapsdelirium weiße Mäuse zu sehen. Wenn Frau Böttcher gerade ihre Tiefschlafphase erreicht hatte, war der Alkoholspiegel der Verrückten meistens gerade an dem Punkt angelangt, an dem sie sich von den Viechern umringt fühlte und ein SOS gegen die Heizungsrohre klopfte. Nicht nur, daß Frau Böttcher ganz früh morgens Zeitungen austrug, hinzu kam noch, daß sie einen leichten Schlaf hatte.

Die Alkoholexzesse der Lehmann nervten Frau Böttcher zwar, wie man sich denken kann, doch andererseits waren sie schon okay, denn sie hatten ihr den begehrten Hausmeisterposten eingebracht. Normalerweise hätte die Lehmann diesen Job nach dem Tod ihres Alten quasi geerbt. Wenn die Alte sich nun auch noch zu Tode saufen würde, bekäme Frau Böttcher außerdem endlich die lang ersehnte Hausmeisterwohnung parterre mit Veranda.

Die Lehmann wankte auf den Hof und lallte etwas von Männern, die sie nachts besuchten, ihren Rum austränken und Zigarren pafften. Männer, soso, dachte Frau Böttcher, also keine weißen Mäuse. «Det is een Jestank», krächzte die Alte, «kommn Se rinn, schnuppern Se mal!» Sie zog Frau

Böttcher in ihre Wohnung und sah erwartungsvoll zu ihr auf. Welch ein Gestank: Katzenpisse, Rum und – tatsächlich – Zigarrenrauch. Dramatisch riß die Alte die Badezimmertür auf: «Da hocken se immer und paffen. Ich sach Ihnen mal wat; da steckt der oben dahinter, der wo sich für wat Besseret hält.»

Die Wohnung der Krügers lag im ersten Stock, genau zwischen der Hausmeister- und Frau Böttchers Wohnung im zweiten Stock. Sie waren vornehmere Leute, doch heute hatten sie Frau Böttcher zum Kaffee bestellt, was darauf hinauslief, daß diese während ihres Urlaubs die Pflanzen gießen sollte. Herr Krüger verpestete die Luft mit seiner Zigarre. Ob er tatsächlich . . .? Aber nein, völlig absurd!

«Ein fensterloses Bad ist für uns nicht in Frage gekommen», erklärten sie beim Kaffee. Nach dem Kauf der Wohnung hatten sie die Wohnküche zu einem Bad und einer kleinen Küche umgebaut. Dafür hatten sie das Wohnzimmer um das ehemalige Bad vergrößert. Sah zwar alles nach Geld aus, aber überall dieser Gestank. Als hätte sie ihre Gedanken erraten, betätigte Frau Krüger einen Schalter und zeigte nach oben. «Haben wir letzte Woche einbauen lassen, damit der Rauch besser abziehen kann.»

Unter der Decke, wo sich bei ihr oben im Bad das Gitter zum Abluftschacht befand, drehte sich ein kleiner Ventilator – wie praktisch. Allmählich dämmerte ihr etwas: Während der nach oben wirbelnde Rauch durch einen Schacht zum Dach hinausströmte, ohne durch die Abluftgitter der darüberliegenden Wohnungen zu dringen, mußte der nach unten wirbelnde Rauch in Frau Lehmanns Bad landen, denn dort, unter ihrer Decke, endete ja der Abluftkanal.

Am nächsten Abend, als die Krügers weg waren, schraubte sie den Ventilator ab, befestigte einen selbstklebenden Handtuchhaken an der gegenüberliegenden Seite des Schachts und hängte ein mit Watte gefülltes Stoffbeutelchen daran. Jetzt brauchte sie nur noch abzuwarten, bis die Alte anfing, wie üblich in der Badewanne rumzulallen. Dann klemmte sie sich die Nase zu, träufelte auf das Säckchen reichlich Halothan, ein nahezu geruchloses Betäubungsmittel, das ihr eine befreundete Krankenschwester besorgt hatte, und ließ den Ventilator laufen, bis das Lallen verstummt war – für immer, wie sie hoffte. Ich mach's ja nicht nur für mich, sagte sie sich, irgend jemand muß schließlich dafür sorgen, daß hier wieder Ruhe einkehrt.

Es war Monate her, seit Frau Lehmann im Suff in der Wanne ertrunken war. Frierend kauerte Frau Böttcher den ganzen Tag draußen auf der Veranda ihrer neuen Wohnung und wärmte sich mit den riesigen Rumvorräten ihrer Vorgängerin auf. Drinnen war es ja kaum auszuhalten vor Gestank. Wenn sie nachts halb vergiftet vom Rauch aus dem Schlaf schreckte, begann sie vor Wut gegen die Heizung zu trommeln, herumzukrakeelen und laut zu fluchen.

Inspektor Lucas

von Wolfgang Brenner

Wir nannten ihn Inspektor Lucas. Weil der Assistent von Maigret so hieß und weil Lukas Hering wie dieser hinter jeder Kleinigkeit eine große Sache witterte.

In der Tagesschau war von Jugoslawien die Rede, mittendrin klingelte das Telefon. «Ich hänge da an einer Supergeschichte.» Ich hörte ihm nicht zu, war in Gedanken bei den Massengräbern in Jugoslawien. Die Supergeschichten von Inspektor Lucas kannte ich. «Es war gestern abend. Ich hatte Krach mit Lore wegen vegetarischer Ernährung und . . .» Ich sagte, daß ich gleich wegmüßte. «Geht ganz schnell. Ich schlage die Tür hinter mir zu, lasse sie mit ihrem Tofufraß stehen. Ab ins ‹Delirium›. Ich spiele, gewinne, gewinne wieder. Kommt so ein kleiner kräftiger Typ in ärmellosem T-Shirt und arschteurer Trainingshose. Wir spielen. Er gewinnt. Wir trinken Bier, dann Rémy Martin.» Mittlerweile glaubte ich selbst schon, gleich wegzumüssen. «Im ‹Eros› dann hat er alles bezahlt. Ich sagte: Ich bin Journalist, und du? Keine Antwort. Dann haben wir gesoffen. Es wurde schon hell draußen, da rückt er an mich ran. Ich muß drüber reden, setzte er an, mit einem Freund. Junge, sagte er, ich bin ein Killer. Acht Leute in zwei Jahren. Er hat die Zeitungsausschnitte gesammelt. Das ist doch die Story des Jahrzehnts, oder?»

Als ich endlich auflegte, brachten sie im Fernsehen die Wetterkarte. Inspektor Lucas war ein Tiefflieger. Er hatte mal eine Artikelserie über Hosenträger geschrieben. Dann kam raus, daß der größte Hersteller ihn dafür bezahlt hatte – und das auch noch schlecht. Alles lachte über Inspektor Lucas. Er hat dann gekündigt, um Chefredakteur einer Metzgerzeitung zu werden.

Kurz vor zehn klingelte das Telefon. Lukas war in einer Telefonzelle. Er war verdammt gut drauf, unser Tiefflieger. «Stell den Champagner kalt! Er hat mir einen Stadtplan gegeben, auf dem eingezeichnet ist, wo er die Tatwaffen weggeworfen hat. Eine von den Leichen ist bis heute nicht gefunden. So 'ne Auseinandersetzung im Milieu. Weißt du, was er sagt? Er habe nicht ein einziges Opfer gehaßt. Ich mußte sie plattmachen, sagt er, das ist mein Job, sorry.»

Ich sagte, daß der Typ zum Kotzen sei. «Ist alles auf Band, Wort für Wort. Als ich bei ihm war, hat sein Bruder angerufen. Er ist der einzige Mensch, dem er vertraut. Außer mir. Der Bruder scheint dagegen zu sein. In einer halben Stunde treffen wir uns bei ihm. Um elf kommt meine Erfolgsmeldung.» Er gab mir eine Adresse und legte auf, ohne zu fragen, ob es mir recht sei, daß er schon wieder anrufe.

Um eins trank ich ein Glas Wein. Im Fernsehen kam die Nationalhymne. Ich wählte seine Nummer, es klingelte mehrmals. Mit jedem Läuten wurde ich unruhiger. Schließlich meldete sich eine verschlafene Stimme. «Dich hab' ich ganz vergessen. Ich kann nicht reden. Lore! Du weißt ja, wie sie ist. Die haben's sich anders überlegt. Ich habe dem Bruder das Band aushändigen müssen. Aber vorher habe ich eine Kopie gemacht und sie in den nächsten Briefkasten geworfen. Mit deiner Adresse drauf. Raffiniert, nicht?» Mit ruhiger Stimme sagte ich Lukas, daß er mich nie wieder mit so einem Schwachsinn belästigen solle. Er legte auf, mein Fernseher rauschte.

Als ich im Bett lag, schwor ich mir, Inspektor Lucas in Zukunft aus dem Weg zu gehen. Natürlich konnte ich nicht einschlafen, und am nächsten Morgen habe ich verschlafen. Dabei hatte ich einen Termin mit unserem Chefredakteur. Es ging um Bildlegenden im letzten Heft. Es hatte Klagen gegeben. Im Stehen verschlang ich ein trockenes Brötchen mit Mettwurst. Ein Sonderangebot. Ich dachte dabei an Hering. Mein Magen schmerzte. Ich nahm mir vor, ihn anzurufen und ihm ins Gewissen zu reden. Ich wollte nicht, daß alle über ihn lachten. Ich wollte ihn auch nie wieder Inspektor Lucas nennen.

Im Radio liefen Nachrichten. «Berlin. Mordfall in Moabit. Der Journalist Lukas Hering wurde heute morgen beim Verlassen seiner Wohnung von einem unbekannten Täter niedergeschossen. Die Lebensgefährtin des Journalisten hat ausgesagt, er sei an diesem Morgen so zuversichtlich gewesen wie schon lange nicht mehr.» Inspektor Lucas ist tot. Und ich sitze da mit einem Tonband und einer Adresse in Moabit. Vielleicht ist das die Story meines Lebens . . .

Happy Hour

von Armin Och

Noch einen Whisky oder keinen mehr? Kam es jetzt noch darauf an? Felix Malters schenkte ein, trank in einem Zug aus und stellte das Glas auf den Tisch. Ein Geräusch ließ ihn zusammenfahren. Es kam aus dem Wohnzimmer. Er hätte es beinahe überhört.

Zuerst sah er einen Schatten, dann kam ein Mann. In der rechten Hand hielt er eine Pistole mit einem langen Schalldämpfer. Malters hatte mit allem gerechnet, nur damit nicht. Jetzt nicht mehr. «Wie sind Sie hereingekommen?»

Der Mann setzte sich an den Tisch, nahm ein Glas und schenkte sich ein. Er hatte seinen Namen nicht genannt. Seine Augenbrauen waren über der Nasenwurzel beinahe zusammengewachsen. Er schaute Malters mit ausdruckslosem Gesicht an. «Mit dem Schlüssel», antwortete er.

Für Malters war die Schlußfolgerung einfach. «Dann können Sie nur Evas Geliebter oder mein Mörder sein.» Der Mann verzog den rechten Mundwinkel. «Beides.» Dann trank er sein Glas aus und sagte: «Vergessen Sie Eva. Ihre Frau ist 22 Jahre jünger als Sie. Die Liebe geht nicht durch den Magen, sondern durch das Portemonnaie.» «Sie werden mich also umbringen?» Der Mann nickte. «Wie heißt es doch beim Heiraten: in guten und in schlechten Tagen, bis daß der Tod euch scheidet. Ich sorge jetzt dafür, daß der Tod euch scheidet.»

Felix Malters saß ruhig da. Die Ständerlampe mit dem altmodischen Schirm verbreitete Dämmerlicht. Gerade gut, um Whisky zu trinken und über den Tod zu sprechen. «Wieviel bekommen Sie?» fragte er. Der Mann versuchte ein Lächeln. Er schien richtig guter Laune zu sein. «Zuerst bekomme ich Eva, dann Ihr gesamtes Vermögen.» «Mein Vermögen?» «Ist doch klar. Eva wird Alleinerbin. Ich lasse etwas Gras über die Sache wachsen und heirate sie dann.»

«Und dann», fuhr Malters fort, «wenn etwas Gras über die Sache gewachsen ist, wird Eva einen Unfall haben, den sie nicht überlebt, Sie sind der Alleinerbe, und schon haben Sie mein Vermögen.» «So einfach ist das», bestätigte der Mann. «Arme Eva», meinte Malters. «Sie hat kein Glück mit den Männern.»

Plötzlich lachte er. Er lachte so sehr, daß er husten mußte. Die Pistole schien in Angriffsstellung zu gehen. «Was soll das, Mann?» «Wann haben Sie Eva zum letztenmal gesehen?» «Vor einem Monat. Da Sie bald nicht mehr reden, dürfen Sie alles erfahren. Wir haben vereinbart, daß wir mindestens einen Monat keinen Kontakt haben. Kein Brief, kein Telefon, einfach nichts. Unsere Beziehung durfte nicht auffallen. Eines Tages, nach Ihrem Tod, werde ich auftauchen, und Eva und ich werden öfters zusammen gesehen werden. Daß wir heiraten, wird schließlich kein Wunder mehr sein.»

Er stand auf. «Ich mache Ihnen einen Vorschlag»,

sagte Malters. «In meinem Safe befinden sich seltene Goldmünzen. Sie sind sehr wertvoll. Die können Sie haben.» «Als Gegenwert für Ihr Leben?» «Ja.» Der Mann lachte. «Machen wir eine Rechnung. Ihr Leben ist nichts wert, nur Ihr Tod. Die Goldmünzen mögen viel Geld bringen, aber es wird niemals soviel sein wie Ihr gesamtes Vermögen.»

Malters öffnete den Safe. «Wissen Sie, Sie sind nicht der erste Geliebte meiner Frau. Ich habe sie alle gekannt, auch Sie. Aber nun ist alles vorbei. Es mußte ein Ende gemacht werden. Vor einer Woche ist Eva ums Leben gekommen. Ein Autounfall.» Der Mann tippte Malters mit der kalten Mündung des Schalldämpfers an die Schläfe. «Plemplem, was? Eva und ich haben einen Monat Schweigen vereinbart, aber sie kannte die ganze Zeit meine Adresse. Wäre etwas schiefgelaufen, hätte sie mir einen Brief zukommen lassen.»

Malters nickte. «Ich weiß, sie trug ihn immer bei sich. Ich habe ihn gegen einen Umschlag ausgetauscht, in den ich einen Zettel mit Ihrem Namen getan hatte. Der ist jetzt bei der Polizei. Aber – ich wiederhole meinen Vorschlag.» Er drehte sich um und nahm einen länglichen Gegenstand aus dem Safe. Er sah aus wie eine Pistole. Der Mann schoß. Malters sackte zusammen. Das Etui mit den Goldmünzen fiel auf den Boden. Und während der schöne Teppich rasend schnell auf ihn zukam, konnte er noch denken, wie gut es gewesen war, daß er Eva den Umschlag hatte wegnehmen können, bevor er das Auto die Böschung hatte hinunterrollen lassen.

Hinter der Theke

von Jon Durschei

Genau, ich lass' das Gewehr über dem Cheminée. Ich erschlag' beide mit einer leeren oder vollen Flasche, mach' keinen Lärm, das ist klüger. Doch was ist besser, eine volle oder eine leere? Am besten nehm' ich eine volle, dachte er, dann mischt sich der Wein mit dem Blut. Aber jetzt muß ich Wein eingießen und dann bringen, hinstellen, hinknallen!

Karl nahm das Glas, ging zum Mann, der immer noch in sein Heft kritzelte, stellte es auf den Tisch und räumte das leere ab. «Pröstli, mein Herr!» sagte er gegen seinen Willen. «Ich muß schnell hinauf, muß etwas erledigen . . .»

Aber nein, da kam einer rauf, wollte ein Gläschen oder zwei. Cesare! Ausgerechnet jetzt mußte er kommen, der über 80jährige ehemalige Escher-Wyss-Monteur mit seiner weißen Schirmmütze, der netteste Alte vom Dorf, ein Mann, den er mochte, der gegen 40 Eis- und Bobbahnen gebaut und bessere Manieren als die meisten Bewohner von Somazzo hatte.

Wie immer streckte Cesare ihm die Hand entgegen und bewies erneut, daß er gut Schweizerdeutsch sprach. «Auch wieder bei uns?» fragte er und lachte über seine Frage. «Natürlich bist du da, war dumm von mir, eine solche Frage zu stellen.» Es war dumm. Karl wußte nicht, wie er reagieren sollte. Während Cesare zum Tisch des Schreibers trat und diesem mit einem «Guten Tag, Herr Dr. Ehrensperger» die Hand hinstreckte, stotterte er: «Was . . . möchtest du . . . trinken?» «Ach, ein Glas Merlot», antwortete Cesare und fragte unmittelbar danach den Schreiber, ob er ihm gegenüber Platz nehmen dürfe.

Er durfte.

Er aber, Karl, mußte zur Theke zurück.

Dort angekommen, nahm er vom Buffet eine noch fast gefüllte Flasche, griff nach einem kleinen Weinglas und ging mit diesem und dem Wein zu den beiden, wütend, traurig, wie immer, und sich wohl bewußt, daß er nur seinen Lieblingsgästen den Wein am Tisch einzuschenken pflegte. Schlimm sowieso, daß Minelli sich bereits angeregt mit dem schreibenden Schlappschwanz unterhielt. «Prost, Cesare», sagte er daher mißmutig, nachdem er ihm das Gläschen bis zum Rand gefüllt hatte. «Ich muß rasch hinauf, hab' etwas zu erledigen. Wenn einer kommt, kannst du ihm ein Glas bringen, du weißt ja, wo die Flaschen und die Gläser stehen.»

«Mach' ich, Karl, kein Problem, schon über 60 Jahre kenn' ich eure Kneipe. Seit dem Tod des alten Alberto hat sich wenig verändert.» Cesare lachte und wandte sich wieder dem Schreiberling zu.

Ich mach's, dachte Karl giftig und verzweifelt und langte wieder nach der Flasche von vorhin. «Also, jetzt geh ich hinauf. Leg, wenn es nötig sein sollte, bitte auch ein Scheit aufs Feuer. Du weißt ja, wie.»

«Bleibst du so lange weg?»

«Nein, nein.» Karl riß sich los, stieß die Tür auf. Es mußte sein. Sie hatten ihn aus Somazzo weggeekelt, ihn überall schlechtgemacht und vor allem sein Bild, sein Foto hinter der Theke heruntergeholt. Nur noch am Montag durfte er sein Töchterchen besuchen und zwei Stunden die Kneipe hüten. Das war zuviel. Viel zuviel. Gut, daß man mit einer Flasche auf Schlafende einschlagen konnte. Und wenn sie den «Corriere del Ticino» oder den «Blick» lasen oder sich auf dem Bildschirm italienischen Quatsch anschauten, würde er es trotzdem tun, würde nur seinen Liebling verschonen, die kleine Luisa. Es mußte sein. Es gab keine andere Möglichkeit. Mit einer heftigen Bewegung schloß er die schiefe Holztür und ging auf die Steintreppe zu, die von der Loggia zur Wohnung hinaufführte, zu seiner Wohnung, seiner! In wenigen Augenblicken würde er sich gerächt haben. Dann müßte nie mehr ein Mann, der mit Antonios Tochter, mit seiner Frau, schlafen wollte, zuerst durchs Zimmer seines Vaters gehn. Nie mehr. Nie mehr.

Was, er geht rauf, dachte der Schreiber. Wär' ich so aufgeschwemmt von Medikamenten, ich brächte den Alten um, der erstickt uns alle. Ich tu's an Karls Stelle, wenn er versagt. Ich tu's!

Die Regeln der Schwerkraft

von Sabine Deitmer

«Wer steht diese Woche auf dem Putzplan?» Lilo kippte eine kräftige Ladung Nullnull ins Klo und bearbeitete mit der Bürste die braunen Ringe. Iris lehnte den Schrubber an die Wand und suchte auf der proppenvollen Pinnwand des Kinderladens den Zettel mit dem Putzdienst.

«Du wirst es nicht glauben . . .» Ihre Worte gingen im Rauschen der Klospülung unter.

«Ich hab' nicht verstanden», schrie Lilo gegen den Lärm an und kippte mehr Ätzpulver ins Klo.

Iris setzte sich auf die unterste Treppenstufe. Mit den Fingernägeln knibbelte sie einen noch weichen Kaugummi aus dem Holz des Geländers. «Du wirst es nicht glauben», wiederholte sie.

«Mach's nicht so spannend.» Lilo kam aus dem Klo und hockte sich zu Iris. «Willst 'n Bonbon? Die hab' ich hinter der Klotür gefunden.» Iris schüttelte den Kopf. «Hat einer der kleinen Süßen da gebunkert.» Lilo fischte ein rotes Nilpferd aus der Tüte. «Garantiert ohne Farbstoff», las sie vor. «Für wen ackern wir diesmal?»

«Auf der Liste stehen Uli und Andreas.»

«K. o. in der ersten Runde.» Lilo schob sich ein grünes Gummikrokodil zwischen die Zähne. «Irgendwas müssen wir falsch machen, daß wir un-

157

sere Männer nicht zum Putzen hierherkriegen.»

«Der Uli ist im Moment total gestreßt mit seinem neuen Chef. Er schiebt dauernd Überstunden», verteidigte Iris ihren Mann.

«Ist ja schon gut.» Lilo biß einem lila Löwen ins Hinterteil. «Andreas verdrückt sich auch jedesmal, wenn Arbeiten angesagt ist. Und redet mir dabei noch ein schlechtes Gewissen ein.»

«Ein schlechtes Gewissen?»

«Ich verderbe ihm die Laune. Wenn er gut drauf ist, rede ich angeblich immer davon, was alles gemacht werden muß und so. Ich ziehe ihn total runter, sagt er.»

Lilo schob sich einen schwarzen Storch, ein grünes Kamel und einen blauen Fisch in den Mund.

«Dem Uli muß ich mit so was schon gar nicht kommen. Da hat der kein Ohr für.»

«Was siehst du da draußen am Himmel?» fragte Lilo.

Iris schaute durch die mit Fingerfarben bemalten Scheiben. «Was soll ich schon sehen? Grauen, versmogten Großstadthimmel.»

«Das ist unsere Schuld», verkündete Lilo.

«Also meine nicht, ich fahre Fahrrad.»

«So meine ich das nicht. Ohne uns wär' da reger Flugverkehr.»

Iris sah Lilo verständnislos an.

«Wenn es uns Frauen nicht gäbe, dann flögen da draußen lauter Männer herum. Wie Superman über den Wolken. Wir Frauen sind die Klötze am Bein der Männer, die sie davon abhalten zu fliegen.»

«Wir sind das Bodenpersonal», stellte Iris mit gepreßter Stimme fest. «Weißt du, was er am Wochenende macht, statt sich mal um die Kinder zu kümmern? Er nimmt Flugstunden.»

«Paßt doch», sagte Lilo. «Andreas springt neuerdings Fallschirm.» Sie packte einen Putzeimer. «Auf zum Endspurt ... Nächste Woche bin ich nicht schon wieder hier, das schwör ich dir.»

Als Lilo nach Hause kam, las Andreas in einem Buch. An dem Einband mit den blauweißen Wölkchen erkannte sie es sofort: «Sicher und elegant aus den Wolken. Das Einmaleins der perfekten Sprünge».

«Wo sind die Kinder?» fragte sie ihn.

«Draußen, die haben sich gefreut, daß sie rausdurften.»

«Vielleicht hätten sie auch gern mal mit ihrem Vater gespielt.»

«Du müßtest dich sehen: die reinste Furie.»

«Hol die Kinder. Sie müssen zu Abend essen und ins Bett.»

Er schlug das Buch zu und stand auf. «Übrigens, morgen beim Geburtstag deines Vaters kannst du nicht mit mir rechnen. Ich lasse mich nicht von dir rumkommandieren.» Mit einem Knall fiel die Wohnungstür hinter ihm ins Schloß.

Einmal soll auch er die Schwerkraft zu spüren bekommen, dachte Lilo, als sie die Tube mit dem Seidenkleber zwischen die Falten der Fallschirmseide hielt und ausdrückte. Sie blickte auf das Päckchen mit dem Notfallschirm. Sollte sie ihm diese Chance noch lassen?

Tote für Quote

von Gisa M. Zigan

Die Anzeige war winzig gewesen: «Menschen gesucht, die in einer TV-Talk-Show mitmachen wollen. Thema: Mein Idol.» Konstanze hatte die kleine Notiz nur gefunden, weil sie wieder einmal einen ganzen Stapel Wochenendzeitungen durchforstete auf der Suche nach einschlägigen Meldungen. Die Ausbeute war gering, genauer gesagt gleich Null, denn der große Sänger war im Augenblick nicht einmal für eine kleine Meldung gut. Er war zu lange schon «weg vom Fenster», ohne Hit, ohne ein Lied, das in die Charts, die ersten zehn oder wenigstens vierzig gekommen war.

Aber er war immer noch ihr Idol, daran würde sich nichts ändern, nie und nimmer. Sie war mit ihm älter geworden und würde sterben mit ihm oder auch für ihn, wenn es sein mußte.

Also: Die Botschaft richtete sich an sie! Sie konnte die Gelegenheit nutzen, um über ihn zu sprechen, ihn wieder mal in die Öffentlichkeit zu bringen, und ihm so von Nutzen sein. Sie unterstrich die angegebene Telefonnummer und rief an.

Das war vor einigen Wochen gewesen. Jetzt saß sie im Zug nach Köln. Leider, wie sie insgeheim dachte, nicht allein. Ihr Mann hatte darauf bestanden mitzufahren. Aus Neugier, angemaßter Beschützerrolle oder warum auch immer. «Ich will doch endlich einmal deinen Schwarm kennenlernen, den Kerl, der immer mit uns im Bett liegt», hatte er grinsend gesagt und seinen neuen roten Pullover glattgezogen. «Mal sehen, ob er wirklich so toll ist.»

Das paßte ihr nicht. Seit sie wußte, daß die Idole, von denen die Talkgäste erzählen wollten, leibhaftig eingeladen wurden, fieberte sie dem Termin entgegen. Nicht bei allen hatte es geklappt, aber bei ihr schon, vielleicht, weil der berühmte Schlagersänger eben nicht mehr so gefragt war und Termine frei hatte. Natürlich war sie schon bei Live-Konzerten gewesen, hatte am Hintereingang der Musikhallen auch schon Autogramme ergattert und einen freundlichen Dankesbrief erhalten, als sie einen Fanclub gegründet hatte. Aber jetzt hoffte sie auf mehr, auf ein Glas Wein nach der Sendung, eine Einladung ins Hotel ...

Die Maskenbildnerin brauchte einige Zeit: Sie war nicht mehr die Jüngste, ihre Falten nicht nur oberflächlich. Die Haare hatte sie bei ihrem Friseur blondieren lassen, sie hingen jetzt naßgeschwitzt herab.

Endlich saß sie im Kreis der anderen Studiogäste und wurde vom Moderator im freundlichen Vorgespräch aufgewärmt. Ihr Mann saß irgendwo im Zuschauerraum, sie konnte ihn nicht erkennen, die Scheinwerfer blendeten. Augen hatte sie, als er endlich kam, nur für ihn: weißes Jackett, sonnengebräuntes Gesicht, ein süßes Parfüm. Er nahm sie in die Arme und – Küßchen rechts, Küßchen links – begrüßte sie überschwenglich.

Unruhe, Scharren und Zischen waren im Dunkel zu vernehmen, dann schlang sich das Kabel, das dem zuvorderst stehenden Kabelträger aus der Hand gerissen worden war, um den Hals des Sängers. Er griff mit beiden Händen danach, taumelte, schrie. «Draufbleiben», sagte der Regisseur im Mischraum, «das bringt Quote», und alle Studiokameras richteten sich auf das verzerrte Gesicht des Stars, hinter dem ein durchschnittlich aussehender Mann in rotem Pullover aufgetaucht war. Eine ältliche Blondine hing jetzt an ihm und zerrte an ihm herum. «Ton etwas runterfahren», sagte der Regisseur. Das Ganze sah aus wie die berühmte Laokoon-Gruppe, bevor endlich Sicherheitsleute eingriffen und sich von allen Seiten auf das Menschenknäuel stürzten. Der Talkmaster stand erstarrt im Hintergrund.

Die Sendung am nächsten Tag begann er mit herzlichen Genesungswünschen an den berühmten Sänger, dessen Kehlkopf arg gelitten hatte – dessen Alben verkauften sich in den nächsten Wochen rasend –, einem Gruß an die Frau, die mit einem Schock im selben Krankenhaus lag – zwei Klassen tiefer –, und keinem Gruß an den Kabelwürger, der in einer Haftanstalt saß. Man suche Talkgäste für eine Sendung mit dem Titel «Wenn Männer zu sehr hassen, was Frauen zu sehr lieben». Die Telefonnummer war eingeblendet.

Vorsicht Steinschlag

von Thea Dorn

Bei angenehm gedämpftem Licht und den ver-
schwimmenden Klängen eines Pianos saß der große
Sassen in einem schweren, schwarzledernen Sessel
einer Hotelbar und schwitzte. Er versuchte, seinen
mächtigen Körper aufrecht zu halten, als die
Schweißtropfen langsam den Hals hinunter in seinen Kragen rannen. Sein Kopf, der sonst zwei Fern-
sehsender, eine Radioanstalt und mehrere Verlags-
häuser lenkte, erschien ihm lächerlich weit vom
Rumpf entfernt. Wie ein zufällig abgesprengter
Felsbrocken thronte er auf dem Körpermassiv.

Sassens Gegenüber, eine junge Künstlerin namens Nona, modellierte, während sie sprach, mit
ihren schmalen Händen die Luft. «Mein Material
lebt, es atmet, es pulsiert, verstehen Sie? Als Bildhauerin muß ich stets darauf lauschen, wohin mein
Material will. Ich zwinge ihm nichts auf, ich bringe
es nur dorthin, wo es von selbst hinstrebt.»

Nonas nackte Ellbogen blitzten auf, als sie ihr lan-
ges Haar mit beiden Händen in den Nacken zurück-
warf. Ihre glatten Achselhöhlen reflektierten das
milde Barlicht. «Wenn ich mit einer Arbeit beginne,
ist das Material noch zurückhaltend. Es ist vorsichtig. Es kann nicht wissen, ob ich ihm Gewalt antue.
Erst nach und nach öffnet es sich mir.»

Der große Sassen preßte seinen Rücken tiefer in die Sessellehne. Die Rinnsale, die unentwegt von den Schläfen rieselten, stauten sich zwischen seinen Schulterblättern und färbten dunkle Seen auf den blauen Anzug. Ein feines Frösteln ergriff ihn.

Das Stadium, in dem er Worte mit Sinn verband, hatte Sassen längst hinter sich gelassen. Die Stimme der Bildhauerin plätscherte über ihn hinweg. «Ich spüre die Impulse, die mein Material aussendet. Es wird erst dann ruhig, wenn es seine endgültige Gestalt gefunden hat. Dann weiß ich: Mein Werk ist vollendet.» Nona beendete ihre Rede mit einem knappen Lächeln und lehnte sich zurück, die Hände im Schoß gefaltet.

Sassens weiße fleischige Finger hatten sich vom Körper losgemacht. Wie zwei Quintette Schnecken krochen sie über die ledernen Armpolster des Sessels, feuchtglänzende Spuren hinter sich lassend. «Nona, Sie sind eine außergewöhnliche Frau.» Sein Atem ging flach.

Abermals schickte Nona ein kurzes Lächeln in ihr Gesicht. Zentimeter um Zentimeter arbeitete sich das Cocktailkleid an ihren Schenkeln empor. Für eine Sekunde stießen die Kanten von Rock und Strümpfen aneinander, tiefes Schwarz lag an transparentem Schwarz, dann schimmerte ein schmaler Streifen weißer Haut auf.

Sein Herz, sein Herz! Etwas Unbekanntes schüttelte den großen Sassen, machte ihn schauern, brachte den Rotwein, den er soeben an den Mund geführt hatte, in Wallung und ließ ihn über den beengenden Glasrand hinausschwappen. Sassen spürte das Weiße in seinen Augen, ein Balken, ein weißer Balken brannte in seinen Pupillen. In seinem Hirn hetzten sich verzerrte Bilder, tanzten an der Innenwand seines Schädels Ringelreihen. Der massive Kopf drohte aus seinem fragilen Gleichgewicht zu fallen.

Nona erhob sich, und mit dem weißen Balken erlosch das Beben. «Kellner, einen Salzstreuer bitte! Der Herr hat sich mit Rotwein befleckt.»

In Sassens Gesicht war es still geworden wie auf einer verlassenen Leinwand. Hinter den weit geöffneten Augen glomm nur noch eine schwache Glut.

Ein Bild von ergreifender Schönheit war es, wie sich der große Sassen auf die Ewigkeit einrichtete. Die junge Bildhauerin zögerte einen Moment, bevor sie sich über ihn beugte und mit geübten Fingern die Lider im wie gemeißelten Antlitz schloß. Dann entfernten sich ihre Schritte lautlos über den Läufer, das Denkmal eines bedeutenden Lebens zurücklassend.

Noch am selben Tag empfing eine respektvoll erschütterte Welt die Nachricht von Sassens Tod.

Die Abrechnung

von Bruno Hächler

Lily Huber wollte abrechnen. Heute, am 14. Juli 1995. Einem Sonnentag, warm, mit leisem Wind, der sanft über die Blätter ihrer Edelwicken strich und die roten Blüten fein zum Wiegen brachte. Abrechnen!

Ein Leben lang war sie herumgestoßen worden, hatte die alltäglichen Demütigungen ertragen, sich an ihnen gerieben, sich geärgert, ihnen Luft gemacht in Zeter und Mordio, hatte gewettert und geflucht. Hatte versucht, gleichgültig, erhaben, überlegen zu sein. Und sie doch nie verwinden können. Wie Nadeln in ihre schrumpelige Haut waren die Schikanen, mit denen andere Leute ihre eigene Frustration abreagierten, in sie eingedrungen. Heute würde sie zurückschlagen: Lily Huber, 70, ehemals Telefonistin, Hausfrau, Mutter – Witwe heute.

Gedankenverloren griff sie nach der behäbigen Steinguttasse, in welcher die braune Flüssigkeit langsam zu erkalten begann. Sie nahm einen kräftigen Schluck, der sich wie das ungebremste Vorwärtstreiben eines in die Tiefe stürzenden Bergbaches anfühlte. Erschreckt fuhr sie zusammen, als das Telefon zu läuten begann. Reglos harrte sie aus. Als das Klingeln aufhörte, lächelte sie.

Lily Huber hatte alles geplant, hatte an alles gedacht. Es würde so einfach sein, dachte sie und lächelte erneut hintergründig. So einfach, fast banal. Sie würde losgehen, in einer Stunde. Würde wie jeden Tag im gelben Häuschen auf den Bus warten, Linie 5 Richtung Stadtzentrum, ein alter, heimelig brummender Wagen mit Holzbänken. Würde einsteigen, sich tragen lassen an den Ort ihrer Abrechnung, würde an der Wohnungstür klingeln, geduldig warten, unter einem Vorwand eintreten, ihre Angelegenheit erledigen. Und fortgehen. Bus, Wohnung, zwischendurch ein kleiner Fußmarsch, der sie beruhigen würde.

Abrechnen. Opfer um Opfer. Sie würde sich und der Welt einen Gefallen erweisen, indem sie sie um ein paar unangenehme Zeitgenossen leichter machte. Den ständig schlechtgelaunten Buschauffeur zum Beispiel, die schnippische Arztgehilfin, den diktatorischen Abwart, die ewig klügeren, belehrenden, fies verleumderischen, sich einmischenden Leute, unter denen sie nun 70 stolze Jahre gelitten hatte. Die notwendigen Mittel steckten fein säuberlich verpackt in ihrer Handtasche, gerade so, wie sie es in nächtelangen Studien ihrer Lieblingsbücher gelernt hatte: Arsen, ein Hammer, eine kleine Pistole, wie sie nicht perfekter zu einer reizenden alten Dame hätte passen können.

Unfreiwillig mußte Lily Huber lachen. Ein Lachen wie ein Kieckser. Schrill und gänzlich unpassend, wie sie sich selber eingestand, aber ehrlich, tief aus dem Bauch heraus. Das perfekte Verbrechen? Und jetzt quietschte sie gleich nochmals vergnügt, während sie die Kaffeetasse unter klirrendem Protest des Löffels auf den Tisch zurückstellte, das perfekte Verbrechen interessierte sie einen – Verzeihung – feuchten Dreck! Sie würde hingehen, abrechnen und sich nach getaner Arbeit selber stellen.

Selig seufzend dachte sie an die geruhsamen Jahre, die ihr mit ein wenig Glück in einem friedvollen Heim bevorstanden, umsorgt von zuvorkommenden Schwestern, die sie auf einen Abendspaziergang durch den blühenden Garten mitnähmen.

✳

Lily Huber mußte sich am Treppengeländer festhalten. Einen Moment lang war ihr schwarz geworden vor den Augen. Die Anstrengung, dachte sie, ich hätte doch besser den Lift genommen, als die drei Stockwerke hochzusteigen. Doch kaum hatte sie sich ein wenig erholt, freute sie sich schon wieder, daß sie in ihrem Alter noch Treppensteigen konnte. Ein Tritt bedeutete 20 Minuten länger zu leben, hatte sie in einer Familienzeitschrift gelesen. 20 Minuten mehr im friedvollen Heim mit den blütenweißen Zimmern.

Trotzdem klopfte ihr Herz über Gebühr, als sie, oben angelangt, die angelehnte Holztüre aufschob und ins unordentliche Zimmer trat.

«Frau Huber – schön, Sie zu sehen! Kommen Sie», ertönte eine helle Stimme. Dann wurde es still im Raum.

✳

Bewundernd schaute der Redakteur der Lokalzeitung der alten Frau nach, die gerade die Türe hinter sich schloß. Er blätterte noch einmal im Manuskript, das sie ihm soeben, aufgeregt wie bei ihrer ersten Begegnung, abgeliefert hatte. Und fragte sich, wie eine so freundliche, unscheinbare Person bloß auf solch blutige Ideen kam . . .

Was von Pedro blieb

von Elfie Riegler

Wie gebannt starrte ich durch die Scheiben. Ein blut-
junger Rotschopf war es diesmal, ein Exemplar der
Variante Twiggy. Kein Zweifel, Pedro war dabei,
das aufgetakelte Luder, das in goldenen Leggins
und nilgrünem Latex-BH steckte, hemmungslos zu
vernaschen. Jeden einzelnen ihrer Finger lutschte er
ausgiebig ab, wobei er ihr tief in die Augen sah. Es
war das Balzritual, das er dem Konsumieren der
Beute vorauszuschicken pflegte. Und das im «Fi-
garo», unserem Lieblingscafé! Bebend vor Wut ging
ich nach Hause. Es war eine Bestrafung fällig. Die
Zeiten, in denen ich Pedro nach Eskapaden aufs
Sofa gelegt, ihm die Krawatte gelockert und die
Schuhe von den Füßen gestreift hatte, um sein Un-
bewußtes zu bearbeiten, waren endgültig vorbei.
«Mein Atem geht ruhig und gleichmäßig. Blondinen, auch mit großem Busen – völlig gleichgültig.»
Das waren fromme Sprüche, nichts weiter. Pedro,
das Schlitzohr, hatte seine mentale Software einfach
von drallen Blondinen auf dürre Rothaarige umpro-
grammiert.

Ich mußte eine wirksamere Erziehungsmethode
finden. Gezielt begann ich, meinen Bücherschrank
zu durchforsten. Bei Agatha Christie gab es für meinen Geschmack zuviel Gift. Entmutigt legte ich

auch einen Krimi beiseite, in dem eine bayrische Hausfrau ihren gewalttätigen Mann mit Aprikosenschnaps betäubte, ins Auto lud, einen Berg mit ihm hinauffuhr, die Handbremse löste und in letzter Sekunde aus dem Wagen sprang. Das Ganze schien mir zu riskant; außerdem trank Pedro nur Rotwein. Schließlich nahm ich den «Struwwelpeter» zur Hand, ein Werk von pädagogischer Konsequenz, dem ich als Kindergärtnerin viel verdanke. Ich las die Geschichte von Konrad, dem Daumenlutscher, und hatte auf einmal die Lösung.

Als sich lang nach Mitternacht Pedros Schlüssel im Schloß drehte, stand ich, mit einer scharfen Schere bewaffnet, hinterm Schlafzimmervorhang. Jetzt oder nie mußte ich meinen garstigen Fingerlutscher Mores lehren! Ich stürzte auf Pedro zu, der erschrocken die Arme hob, womit er mir sozusagen auf halbem Wege entgegenkam. In meinem erzieherischen Eifer ging ich allerdings weiter als geplant. Ich beließ es nicht bei den Daumen: Mit dem präzisen Klippklapp der routinierten Berufsbastlerin entfernte ich dem Überrumpelten je einen Finger für jede größere Liebesaffäre im Laufe unserer Ehe.

In seiner Panik war Pedro gestolpert und lag hilflos auf dem Teppich. Sein Blick drückte jenes ungläubige, mit Entsetzen gemischte Erstaunen aus, das ich bei der Bestrafung der hartnäckigsten kleinen Missetäter immer wieder beobachten muß. Leise wimmerte er vor sich hin, während sich das Cremeweiß des Teppichs immer stärker mit Rot durchsetzte. Ich kniete mich hin, veranschlagte eine

Zehe pro kleineren Seitensprung und ließ die Schere fleißig klappen. Nachdem das erledigt war – der Teppich würde eine Reinigung benötigen –, beschloß ich, Pedro von jenem Körperteil zu befreien, der ihn immer wieder dazu veranlaßt hatte, es mit anderen Frauen zu treiben. Halbheiten kann ich nicht ausstehen.

Leider ist der Bedauernswerte schon am folgenden Morgen seinen Verletzungen erlegen. «Tod durch Scherenschnitt», sagte ich kichernd zu Pedros Mutter, die wie immer um Punkt elf Uhr angerufen hatte, und hängte auf, bevor sie sich äußern konnte. Dann besuchte ich die heilige Messe und widmete den Rest des Sonntags dem armen Pedro. Jetzt, wo ich ihm so ziemlich alles abgezwackt hatte, womit er noch hätte sündigen können, gefiel er mir ganz gut.

Ich hätte ihn gern noch ein Weilchen behalten. Aber da kamen sie auch schon, schlugen ihn in ein Laken ein und legten ihn in einen Blechsarg. Der Kommissar, ein baumlanger Kerl mit Glupschaugen, meinte barsch, ich solle endlich die gottverdammte Schere aus der Hand legen und Nachthemd plus Zahnbürste einpacken, und zwar dalli-dalli. Nicht einmal einen kleinen Zeh durfte ich als Andenken mitnehmen. Höchstens eine Haarlocke könnte ich meinem verblichenen Gatten noch abschneiden, sagte einer der jüngeren Polizisten. Ich fand die Bemerkung unsensibel. «Dann schon lieber gar nichts», sagte ich zu den Umstehenden und ließ mir von einem, der Harry genannt wurde, widerstandslos Handschellen anlegen.

Neptuns Rache

von Karin Burschik

Görgenthal wartete auf die Flut.

Der Strahl des Leuchtturms fingerte über das Bündel am Fuße des Steilhangs. «Goldene Marie, Klasse 1a» stand darauf. Doch sein Inhalt hatte keine Klasse und hieß nicht Marie, sondern Agathe, und nur der Inhalt ihres Banksafes war golden, Klasse 1a.

Görgenthal sah auf die Uhr.

Wie oft hatte er in den letzten Jahren auf die Uhr gesehen. Gabriella hatte ihn gerne warten lassen. Mit ihm konnte sie das ja machen. Weil er ein armer Schlucker war, ein Waschlappen, der noch immer bei seiner Mutter lebte. Obwohl sie ihn gequält hatte bis aufs Blut, hatte er sich nie von ihr lösen können. All die Jahre nicht.

Bis heute.

Unglücklicherweise hatte sich das Bündel an einem Strauch verfangen und war auf dem schmalen Küstenstreifen liegengeblieben. Bald aber würde die Flut es mit sich reißen. Dann würde er den Inhalt des Banksafes erben: Goldbarren im Wert von 200 000 Mark.

Ein guter Stundenlohn dafür, eine Leiche mit einem Dreizack zu dekorieren und in einen Sack zu stopfen, in einen Wagen zu hieven und ins Meer zu werfen.

Das Töten selbst war leicht gewesen. Erschrekkend leicht. So viel Haß hatte sich aufgestaut in all den Jahren. So befreiend war der Schlag mit dem Schürhaken gewesen, daß er gleich noch einmal . . .

Halt! Neptun begnügte sich auch immer mit einem Schlag.

Regen setzte ein. Vielleicht spülte er das Bündel ins Meer, noch ehe die Flut einsetzte.

Scheinwerfer krochen über die Küstenstraße. Görgenthal ließ den Motor an und fuhr heim; er wollte hier nicht gesehen werden.

Morgen würde er den Besorgten mimen, weil seine Mutter nicht bei ihrer Schwester in Neuisendorf angekommen war, und übermorgen würde er lautstark hoffen, bangen und klagen. Oh, und er würde schön blaß und elend aussehen, würde nicht essen und nicht schlafen zu diesem Zweck. Und wenn sie die Leiche dann fänden, würde er vor Schmerz zusammenbrechen.

Wie nahe sie einander gestanden hätten, trotz aller Spannungen, würde er sagen. Und wie furchtbar es doch sei, daß Neptun sie geholt habe. Dieser Psychopath, dessen Opfer seit Jahren an Land gespült wurden. Erschlagen. Verpackt in Apfelsäcken. Mit einem Dreizack in der Hand.

Zuerst hatte er sich nur an schönen jungen Mädchen vergriffen. Mittlerweile aber mordete er querbeet durch alle Altersstufen und Schichten.

Sicher argwöhnte die Polizei längst, daß er zur Entsorgung ungeliebter Zeitgenossen herhalten mußte. Und Frau Görgenthal hatte mit Sicherheit dazugehört. Sie war streitsüchtig gewesen und besessen von der Manie, allen ihre vorsintflutlichen Moralvorstellungen aufzuzwingen.

Ihren Sohn hatte sie tyrannisiert.

Görgenthal war darum auf endlose Verhöre gefaßt. Doch sie würden ihm nichts anhaben können. Er hatte alle Spuren verwischt.

Sein Magen knurrte. Er schlug ein Ei in die Pfanne.

Bald würde es vorbei sein mit den armseligen Mahlzeiten. Bald würde er schick ausgehen mit Gabriella, reisen, in Champagner baden und . . .

Da! Schritte. Ein Klopfen. War die Leiche schon gefunden worden?

Er öffnete die Tür.

«Mutter, du?»

✳

Frau Görgenthal wartete auf die Flut. Der Strahl des Leuchtturms fingerte über das Bündel am Ufer des Steilhangs. Sie seufzte. Noch nie war ihr das Töten so schwergefallen.

Nachwort

Lesen bildet. Krimilesen ist zusätzlich unterhaltend und macht Spaß. Das hat damit zu tun, daß Kriminalstorys, die auf einem guten Plot beruhen und gut geschrieben sind, spannend sind. Die Spannung legt sich erst, wenn der Fall aufgelöst ist: am Schluß der Geschichte. Dann kann die Leserin oder der Leser den Krimi aus der Hand legen – und zum nächsten greifen.

Doch der Spaß am Lesen von Kriminalromanen und -geschichten ist kein ungetrübter, denn Krimis handeln von den dunklen Seiten des Lebens. Sie loten mehr oder weniger tiefe menschliche Abgründe aus. Wer etwa die Bücher von Georges Simenon, des meistgelesenen, meistübersetzten und meistverfilmten Schriftstellers des 20. Jahrhunderts, liest, lernt den Menschen, jenes immer wieder rätselhafte Wesen, in all seinen Schattierungen kennen. Tröstlich ist höchstens, daß bei Simenon wie auch bei den meisten anderen Autoren des Genres zum Schluß das Gute, zum Beispiel von Kommissar Maigret verkörpert, über das Böse siegt.

Die Bösen treten als Mörder, Entführer, Attentäter, Vergewaltiger, Spioninnen, Mafiosi, Psychopathen, Betrüger und nur in seltenen Fällen als liebenswerte Ganoven auf. Die Guten kommen als

Detektive, Agenten, Fahnder, Polizisten und sonstige Ermittler daher, und gelegentlich sind auch sie nicht über alle Zweifel erhaben. Krimis leben von der Wechselbeziehung zwischen Jäger und Gejagtem.

Weil die Realität die Fiktion oft übertrifft, erschien im «Magazin», der wöchentlich erscheinenden Samstagsbeilage des Zürcher «Tages-Anzeiger» und der «Berner Zeitung», während etwas mehr als drei Jahren die Rubrik «Der wahre Krimi». Dabei ging es, wie der Name sagt, nicht um erfundene, sondern um tatsächlich geschehene Kriminalfälle. Anhand von Polizeiprotokollen, Gerichtsakten oder Zeitungsberichten wurde, jeweils auf einer «Magazin»-Seite, die Geschichte eines Vergehens oder Verbrechens geschildert.

Die Idee des Einseiten-Krimis lebt in der Nachfolgerubrik «Der 72-Zeilen-Fall» (wobei es je nach Seitenumbruch manchmal auch 78, 82 oder 106 Zeilen sind) weiter. Die Spielregeln sind einfach: Jede Woche erscheint im «Magazin» ein Krimi von der Länge einer Seite. Geschrieben wird er von einer Krimiautorin oder einem Krimiautor. Jede und jeder schreibt nur einmal. Den Anfang machte im Januar 1995 die Hamburgerin Uta-Maria Heim mit der Geschichte «Bikerbullen». Ihr erster Satz: «Die Leiche lag im Rinnstein.» Seither wird in dieser Rubrik, die zu den erfolgreichsten des «Magazin» gehört, viel getötet und gestorben, wobei der zerstörerischen Phantasie kaum Grenzen gesetzt sind.

Die literarisch anspruchsvolle Aufgabe, einen

Kriminalfall auf eine Zeitschriftenseite zu beschränken, empfanden die vom «Magazin» beauftragten Schriftstellerinnen und Schriftsteller – viele von ihnen mit Krimipreisen ausgezeichnet – mehrheitlich als anregend, reizvoll, aber auch als schwierig. Mit wieviel Einfallsreichtum, dramaturgischem Geschick und sprachlicher Brillanz sie die Herausforderung bewältigt haben, läßt sich in diesem Buch nachprüfen: Es umfaßt 52 «Zeilen-Fälle», zur Auswahl vorgeschlagen von der «Magazin»-Redakteurin Manuela Kessler, welche die Rubrik betreut und sich mittlerweile zu einer Kennerin der Krimiszene entwickelt hat.

Eine Zeitschriftenrubrik als Buch: Das ist in aller Regel ein Zeichen für Qualität, die über den Tag oder – im Falle des «Magazin» – über die Woche hinaus Bestand hat.

René Bortolani, Chefredakteur DAS MAGAZIN

Die Autoren

Cristina Achermann wurde 1959 in Madrid geboren und studierte Hispanistik und Germanistik. Sie lebt in Zürich und arbeitet bei einer Kulturstiftung. Achermanns erster Krimi, «Tango criminal», erschien 1993 im orte-Verlag, der zweite steht vor der Veröffentlichung.

Helga Anderle lebt als freie Journalistin, Übersetzerin und Autorin in Wien. Sie hat zahlreiche Kurzkrimis veröffentlicht und ist Herausgeberin der internationalen Frauenkrimianthologie «Da werden Weiber zu Hyänen» (dtv) sowie Mitherausgeberin der Anthologie «Weltkrimis – Krimiwelten» (Eisbär-Verlag). Ihr letztes Buch «Sag beim Abschied leise Servus – Wiener Mordgeschichten» ist 1995 in der Fischer Frauenkrimireihe erschienen.

Heribert Bauer, 52, lebt als freier Schriftsteller in Frankfurt am Main. Von dem Autor sind in zwei Serien unter den Pseudonymen Harry Porter und Frank Morrfield Kriminal- und Seeabenteuerromane erschienen. Unter dem richtigen Namen verfaßt er Krimis und Kurzgeschichten, Satiren sowie Fortsetzungsromane für Zeitungen, Zeitschriften und Anthologien. 1994 ist von Bauer im Verlag Das Neue Berlin der Kriminalroman «Hänschen klein stirbt allein» erschienen.

Ingolf Behrens, 33, wohnt in Hamburg und schreibt seit 1989. Er ist der Autor des Krimis «Der Kanalarbeiter» und des Science-fiction-Romans «Virtualia». Zudem hat Behrens Einakter, Hörspiele sowie zahlreiche Kurzkrimis und Erzählungen verfaßt.

Jürgen Benvenuti, 24, wuchs im vorarlbergischen Lustenau auf. Nach zahlreichen Reisen ließ er sich 1993 in Wien nieder und begann, Gedichte und Kurzgeschichten zu verfassen. Benvenuti schlägt sich mit Zettelverteilen und anderen Gelegenheitsarbeiten durch. Sein Debütroman, «Harter Stoff», ist im Frühling 1995 im Deuticke-Verlag erschienen.

D. B. Blettenberg, 48, absolvierte eine Lehre als technischer Zeichner und Maschinenbauer. Nach dem Wehrdienst als Bordfunker bei der Marine stieß er zur Entwicklungshilfe. Für seinen Erstlingsroman «Weint nicht um mich in Quito» erhielt er 1981 den Edgar-Wallace-Preis. Der Deutsche Krimipreis wurde ihm 1989 für «Farang» und 1995 für «Blauer Rum» (Schweizer Verlagshaus) zugesprochen.

Kurt Bracharz, 49, wohnt in Bregenz und schreibt als Schriftsteller drei Ks groß: Kinderbücher, Krimis und Kulinaria. «Wie der Maulwurf in der Lotterie gewann», im Diogenes-Verlag erschienen, ist sein Bestseller. Zuletzt kamen im Deuticke-Verlag die Kriminalromane «Die grüne Stunde», «Cowboy Joe» und «Pappkameraden» heraus. Dem Kulinarischen frönt Bracharz in einer Zeitungskolumne und in einer Vielzahl von Artikeln.

Wolfgang Brenner, 42, lebt in Berlin und im Hunsrück. Von 1987 bis 1991 war er Filmredakteur beim Berliner Magazin «Tip». Brenner verfaßt Radiobeiträge, Hörspiele, Kulturkritiken und -reportagen sowie Drehbücher, zum Beispiel für die Krimiserie «Polizeiruf 110».

Karin Burschik, wohnhaft in Köln, war Bankkauffrau, Journalistin, Marktforscherin, Karatetrainerin und Physikstudentin, ehe sie sich für die Schriftstellerei entschied. Sie hat zwei Jugendbücher, ein Hörspiel und zahlreiche Kurzgeschichten veröffentlicht. Ihre Kriminalromane, in deren Zentrum die Privatdetektivin Olga Sinzig steht, erscheinen im Bastei-Lübbe-Verlag.

Ann Camones, 47, lebt in Berlin. Sie ist Soziologin und Politologin, Medienpädagogin und EDV-Fachfrau und ist in der Öffentlichkeitsarbeit sowie der Erwachsenenbildung tätig. Ihr erster Krimi, «Verbrechen lohnt sich doch!», ist 1995 im Ariadne-Verlag erschienen.

Sabine Deitmer, 49, ist freischaffende Autorin und lebt in Dortmund. Sie schrieb die Kriminalromane «Kalte Küsse» und «Dominante Damen», in deren Zentrum eine emanzipierte Polizistin steht. Die Kriminalgeschichtensammlungen «Bye-bye, Bruno. Wie Frauen morden» und «Auch brave Mädchen tun's» erschienen im Fischer-Taschenbuch-Verlag. Einige ihrer Kurzgeschichten wurden als Hörspiele gesendet und verfilmt.

Thea Dorn, 27, studierte Philosophie in Frankfurt am Main, Wien und Berlin, wo sie seit 1991 lebt. Für die Frankfurter Allgemeine Zeitung schreibt sie philosophische und musikhistorische Artikel, 1993 wurde ihr erster Essay veröffentlicht. Für «Berliner Aufklärung», ihr im Rotbuch-Verlag erschienenes Krimidebüt, wurde sie mit dem Raymond-Chandler-Preis 1995 ausgezeichnet.

Jon Durschei, 47, bewirtschaftet einen Bauernhof in der Surselva. Er will anonym bleiben. Den ersten Krimi, «Mord in Mompé», verfaßte er mit Irmgard Hierdeis. Die folgenden Kriminalromane, «Mord über Waldstatt», «War's Mord auf der Meldegg?», «Mord am Walensee» und «Mord in Luzern», schrieb er allein. Die Bücher, in deren Zentrum der Disentiser Pater Ambrosius steht, sowie seine beiden letzten Werke «Mord im Zürcher Oberland» (Krimi, 1995) und «Dieses gottverdammte Entlebuch» (Roman, 1996) sind im orte-Verlag erschienen.

Aaron Elkins, 61, verdiente sich sein Studium der biologischen Anthropologie als Boxer. Er war Dozent für Betriebswirtschaft, bis er 1982 von einem Lehrauftrag an einem Nato-Stützpunkt zurückkehrte und sich als Arbeitsloser wiederfand. Seither lebt er als freier Schriftstel-

181

ler im US-Bundesstaat Washington. Bekanntheit hat er mit einer Krimireihe erlangt, in deren Zentrum der skurrile Detektiv Gideon Oliver steht. Zwei Bücher der Reihe sind im Haffmans Verlag auf deutsch erschienen: «Fluch!» und «Alte Knochen». Für letzteres hat Elkins 1987 den renommierten Edgar-Allen-Poe-Award erhalten.

Gabriele Gelien, 30, stammt aus München und wohnt in Berlin. Ihre Berufslaufbahn führte über Kinderpflegerin und Altenbetreuerin zur Erzieherin. Seit Ende 1993 ist sie als Mutter, Hausfrau und freie Autorin tätig. 1991 wurde Gelien mit dem ersten Preis des Berliner Jugendliteraturwettbewerbs ausgezeichnet. Von ihr sind im Argument-Verlag der Krimi «Eine Lesbe macht noch keinen Sommer» und das Märchen «Der güldene Baum» erschienen.

Ron Goulart lebt in Connecticut und hat fast 200 Bücher und über 500 Kurzgeschichten und Artikel geschrieben. Neben Krimis gilt seine Liebe der Science-fiction, außerdem ist er ein international anerkannter Comicspezialist. Zwei seiner Krimis wurden von den Mystery Writers of America für den Edgar-Allen-Poe-Preis nominiert.

Roger Graf, 38, schreibt und produziert seit Jahren für Radio DRS die «Haarsträubenden Fälle des Philip Maloney». Sein erster Kriminalroman, «Ticket für die Ewigkeit», mit Maloney als Hauptfigur, ist 1994 in der Serie Piper erschienen. Der zweite Krimi, «Philip Maloney: Tödliche Gewißheit» und «Zürich bei Nacht» sind im Haffmans Verlag herausgekommen.

Roma Greth ist Dramatikerin, Mitglied der Mystery Writers of America und der Sisters in Crime. Ihre Theaterstücke sind ebenso preisgekrönt wie die beiden Kriminalromane mit der Hauptfigur Hana Shaner, «Now You Don't» (1988) und «Plain Murder» (1989). Die Romane sind in den USA, in Frankreich, Ungarn und Rußland erschienen.

Frank Grützbach, 53, lebt als freier Schriftsteller bei Köln. Er ist auf dem Umweg über die Filmakademie in Berlin, Regiearbeiten fürs Fernsehen, Hörspiele und Feuilletonbeiträge beim Kriminalroman gelandet. Sein Kölner Regionalkrimi «Der Schwarzgeldesser» ist im Emons-Verlag erschienen. Grützbach schreibt auch Drehbücher, zum Beispiel für «Tatort».

Bruno Hächler, 37, wohnt in Winterthur. Er arbeitet als Sänger und Texter der Rock-Gruppe odd'n'acoustic sowie als freischaffender Journalist. In verschiedenen Zeitungen und Zeitschriften der Schweiz und Deutschlands hat er Kurzgeschichten, Kolumnen und Glossen publiziert.

Petra Hammesfahr, 45, lebt als freie Schriftstellerin in Kerpen bei Köln. Sie ist verheiratet und hat drei Kinder. Mit dem ersten Roman begann sie 1969. Der Durchbruch gelang ihr 1989. Inzwischen sind zahlreiche Kurzgeschichten und elf Romane erschienen, zuletzt «Der stille Herr Genardy» im Gustav-Lübbe-Verlag. Die Romane sind in sechs Sprachen übersetzt.

Jörg Heikhaus, 29, arbeitete zunächst als Grafiker in Köln, bevor er 1990 als Redakteur zur Zeitung «Express» nach Ostdeutschland ging und stellvertretender Ressortchef für «Aktuelles» wurde. Die Zeitung und Deutschland verließ Heikhaus 1993 und reiste um die Welt. Jetzt ist er wieder in Köln und arbeitet als freier Journalist, Autor und Maler. Seinen ersten Roman, «traumrot», hat er soeben fertiggestellt.

Uta-Maria Heim, 33, lebt als Autorin in Hamburg. Ihre Krimis, «Das Rattenprinzip», «Der harte Kern», «Die Kakerlakenstadt» und «Der Wüstenfuchs» (Rowohlt), haben ihr zweimal den Deutschen Krimipreis eingetragen. Für «Die Widersacherin» (Nagel & Kimche) bekam sie den Förderungspreis zum Kunstpreis Berlin. Kurzgeschichten von ihr sind 1994 unter dem Titel «Die Wut der Weibchen» (Rowohlt) erschienen.

Christa Hein, 41, stammt aus Cuxhaven und hat Literaturwissenschaft studiert. Nach einem neunjährigen Aufenthalt in den USA hat sie sich 1991 als freie Autorin und Übersetzerin in Frankfurt am Main niedergelassen. Kurzgeschichten von Hein sind in den Krimianthologien «Still und starr ruht der See» und «Wilde Weiber GmbH» im Fischer-Taschenbuch-Verlag erschienen. Derselbe Verlag hat 1994 auch ihren Kriminalroman «Quicksand» herausgebracht.

Hen Hermanns, 44, lebt als freier Autor und Übersetzer in Köln. Für den im Haffmans Verlag erschienenen Krimi «Max Perplex» wurde er 1992 für den Aspekte-Literaturpreis nominiert. Dem Sarkasmus und der Ironie ließ er auch in seinen weiteren Krimis, «Cia Tao» und «Maximum Trouble», sowie in Hörspielen und diversen Drehbüchern freien Lauf.

Ernst Hinterberger, 66, lebt nach einer Laufbahn als Elektriker, Hilfsarbeiter, Polizist, Bibliothekar und kaufmännischer Angestellter seit 1961 als freier Schriftsteller in Wien. Er schrieb zahlreiche Hör- und Fernsehspiele, darunter die Serien «Ein echter Wiener geht nicht unter» und «Kaisermühlenblues». Hinterbergers Kriminalromane «Das fehlende W», «Und über uns die Heldenahnen», «Kleine Blumen» sowie «Jogging» sind im Deuticke-Verlag erschienen.

Peter Höner, 50, war Schauspieler, bevor er 1981 freischaffender Schriftsteller und Regisseur wurde. 1986 bis 1990 verbrachte er in Afrika, heute wohnt er im Kanton Aargau. Höner hat zahlreiche Theaterstücke, Hörspiele und Romane verfaßt. 1995 wurde die Groteske «Rezeptur wider das Böse» in Luxemburg uraufgeführt, im Limmat-Verlag erschien sein Roman «Seifengold».

H. P. Karr, 41 und wohnhaft in Essen, ist der Autor zahlreicher Kriminalromane, Kurzgeschichten und Hörspiele. *Walter Wehner*, 47, hat mehrere Gedichtbände und Sachbücher veröffentlicht. Er wohnt in Iserlohn. Ein Teil ihrer Kurzgeschichten hat der A4-Verlag im Sammelband «Berbersommer» herausgebracht. Karr & Wehner erhielten mehrere Preise, darunter 1988 den Walter-Serner-Preis für die beste Kriminalgeschichte.

Eva Klingler, 42, stammt aus Hessen und lebt als Autorin in Baden-Baden. Nach dem Studium der Germanistik und Anglistik arbeitete sie als Dokumentalistin, freiberufliche Lehrerin, Öffentlichkeitsarbeiterin und freie Journalistin. Klinglers erster Roman, der Krimi «Die Strohfrau», erschien 1993 im Goldmann Verlag, die Satire «Bürogeflüster» 1994 im Econ Verlag. 1995 wurden «Tödlicher Stammbaum» (Verlag Das Neue Berlin) sowie «Die Serienfrau» (Aufbau-Verlag) veröffentlicht. 1996 erschien bei Goldmann «Wie ein Stich ins Herz», und noch für dieses Jahr ist beim Aufbau-Verlag die Veröffentlichung von «Monsieur Goethe» geplant.

Ulrich Knellwolf, 55 und verheiratet, ist reformierter Pfarrer an der Kirche zu Predigern in Zürich. Er promovierte 1990 mit einer theologischen Arbeit über Jeremias Gotthelf. Unter dem Titel «Ein roter Teppich für den Messias» veröffentlichte Knellwolf 1989 Weihnachtsgeschichten. Die nachfolgenden Kriminalromane «Roma Termini» und «Tod in Sils Maria. 13 üble Geschichten» sind beide im Arche-Verlag erschienen.

Arthur Winfield Knight lebt in den USA und schreibt als Filmkritiker für verschiedene Zeitungen und Zeitschriften. Kurzgeschichten und Gedichte von ihm sind in vielen Ländern erschienen. Sein Theaterstück «King of the Beatniks» wurde in England ausgezeichnet für die poetische Sprache, in Wales jedoch verboten.

Jürgen Knopp, 39, wohnt in Berlin-Charlottenburg. Er war Zeitungsredakteur, Werbetexter und Verleger, bevor er sich als Autor und Agent auf Kurzkrimis spezialisierte. Er veröffentlicht regelmäßig in deutschen und schweizerischen Zeitschriften. Sein Motto lautet: Die Männer sind immer die Dummen, aber sie können nichts dafür.

Herbert Knorr, 45, lebt und arbeitet als Autor und Fachberater eines Literaturbüros in Gelsenkirchen. Er ist ausgebildeter Bankkaufmann, holte das Germanistikstudium nach. Knorr hat unter anderem Arbeiten über Schnitzler, Walser, Goethe und Dürrenmatt verfaßt. Er arbeitet als freier Mitarbeiter für Theater, Volkshochschulen, Zeitungen und Zeitschriften. Kriminalgeschichten schreibt er vor allem für den Rundfunk.

Conny Lens, 45, ist gelernter Kaufmann und lebt seit 1989 als freier Autor in Datteln bei Essen. Er hat zahlreiche Kriminalromane, Hörspiele, Kurzgeschichten sowie Drehbücher für das Fernsehen («Der Fahnder», «Wolffs Revier») verfaßt. Lens ist Mitglied im «Syndikat», der Autorengruppe Deutsche Kriminal-Literatur, und im Verband deutscher Schriftsteller.

Kai Meyer, 27, wohnt in Halle an der Saale und arbeitet als Redakteur für die deutsche Boulevardzeitung «Express». Seine beiden Kriminalromane «Schweigenetz» und «Der Kreuzworträtsel-Mörder» sind bei Bastei-Lübbe erschienen. «Die Geisterseher», ein historischer Thriller, angesiedelt in der Weimarer Literatenszene, Anfang 1995 im Verlag Rütten & Loening.

Ingrid Noll, 61, lebt als freie Autorin in Weinheim. Aufgewachsen in Shanghai und Bad Godesberg, studierte sie einige Semester Kunstgeschichte und Geschichte, bevor sie heiratete, drei Kinder großzog und in der Arztpraxis ihres Mannes half. Ingrid Nolls Romane «Der Mann ist tot», «Die Häupter meiner Lieben», «Die Apothekerin», «Der Schweinepascha» und «Kalt ist der Abendhauch» sind im Diogenes-Verlag erschienen.

Armin Och, 62, lebt in Zürich. Er schrieb schon während der Schulzeit und seiner Bankausbildung Kurzgeschichten. Zwei davon erhielten bei Wettbewerben Preise. Seither hat Och insgesamt 14 Thriller verfaßt, darunter «Zürich Paradeplatz» und «Die Diplomaten». Sein neuestes Buch, «Tödliches Risiko», ist 1995 im Knaur-Verlag erschienen.

Lisa Pei, 50, lebt in Köln und arbeitet hauptberuflich mit Kindern. Sie liebt Bücher, nicht nur Krimis. Zu ihren Lieblings-Krimiautorinnen zählen Barbara Vine und Patricia Highsmith. Peis erster Krimi, «Die letzte Stunde», ist 1995 im Argument-Verlag erschienen. Ihr letzter Kriminalroman «Annas Umweg» wurde 1996 im Wiener Frauenverlag veröffentlicht.

David M. Pierce, geboren in Montreal, lebt heute in Paris. Er arbeitete als Möbelverkäufer, Lastwagenfahrer, Reporter, Bühnenmeister, Schauspieler, Barmann und Garderobenmädchen. Gleichzeitig schrieb er Liedtexte für Alice Cooper und John Entwhistle von den «Who». Im Haffmans Verlag sind von ihm «Angels in Heaven», «Hear the Wind Blow» und «Rosen lieben Sonne» auf deutsch erschienen.

Elfie Riegler, 56, lebt in Genf und arbeitet als freie Autorin und Übersetzerin. Von ihr sind im Zytglogge-Verlag «Kurzwaren» und ein Lyrikband erschienen, im eFeF-Verlag «Blaue Blume schlägt zurück», eine Sammlung von Erzählungen. Zudem hat Riegler zahlreiche Werke aus dem Englischen und Französischen übersetzt, unter anderem Krimis von Georges Simenon.

Gillian Roberts, als Judith Greber in Philadelphia aufgewachsen, hat sieben Krimis veröffentlicht, in deren Zentrum die dort lebende Schullehrerin Amanda Pepper steht. Für den ersten Band der Serie «Schatten aus der Vergangenheit» erhielt sie den World Mystery Award 1987 für den besten Krimi-Erstling. Ebenfalls bei Scherz lieferbar sind «Wer übrigbleibt, kassiert» und «Die Giftküche». Gillian Roberts lebt mit ihrem Mann und zwei erwachsenen Söhnen seit 16 Jahren in Tiburon, außerhalb von San Francisco.

Uta Rotermund, 42, wohnt in Dortmund und arbeitet als Autorin von Krimis und satirischen Kurzgeschichten, als Kabarettistin und als Journalistin. 1994 gründete sie die Frauenagentur Women's Voice.

Werner Schmidli, 57, stammt aus Basel. Nach der Ausbildung zum Chemielaboranten verbrachte er zwei Jahre in Australien. Mit 24 veröffentlichte er seinen ersten Roman. Zahlreiche Romane, Gedichte, Hör- und Fernsehspiele folgten. Schmidli ist Mitbegründer und Herausgeber der Literaturzeitschrift «Drehpunkt». Für sein Gesamtwerk erhielt er den Basler Literaturpreis.

Peter Schmidt, 52, ist seit 1977 freier Schriftsteller und wohnt in Gelsenkirchen. Er hat zahlreiche Politthriller, Kriminalkomödien, Psychothriller und Satiren verfaßt. Zuletzt sind «Der Mädchenfänger» und «Winger» im Verlag Rasch und Röhring und «Schwarzer Freitag» im Rowohlt-Verlag erschienen. Schmidt wurde 1986, 1987 und 1990 mit dem Deutschen Krimipreis ausgezeichnet. 1994 erhielt er den Literaturpreis des Ruhrgebiets.

Frank Schulz, 40, lebt in Hamburg. Sein erstes Buch, «Koks blonde Bräute. Eine Art Heimatroman», ist 1991 im Haffmans Verlag erschienen. Schulz erhielt 1989 den Hamburger Literaturförderpreis und nahm 1994 am Wettbewerb um den Ingeborg-Bachmann-Preis teil.

Anne Sievers, 40, ist verheiratet und Mutter von fünf Kindern. Sie lebt als Rechtsanwältin in der Nähe von Frankfurt am Main. Von Sievers sind 1995 die Kriminalromane «König, Dame, Läufer», «Bankgeheimnisse» und «Mondfels» erschienen. 1994 kam der Roman «Franzi» heraus – unter dem Pseudonym Ina Hansen.

188

Andrea Simmen, geboren 1960, lebt mit ihrer Tochter Leonie, zwei Hunden und zwei Papageien in Winterthur-Seen. Sie hat bislang drei Bücher verfaßt: «Ich bin ein Opfer des Doppelpunkts» (vergriffen), «Landschaft mit Schäfer und anderen Reizen» (Nagel & Kimche) sowie «Vielleicht heißt er Paul» (Schöffling & Co.).

Barbara von Bellingen, 52, ist Mutter von vier Kindern und wohnt in der Eifel. Sie hat sich mit historischen Krimis einen Namen gemacht, besonders mit dem Vorzeitroman «Tochter des Feuers» (Econ). Heldin der Nachfolgekrimis «Luzifers Braut» und «Mord und Lautenklang», die im selben Verlag erschienen sind, ist die Wirtschafterin Gret Gundlin.

Christa Weber, 45, lebt und arbeitet als Autorin und Historikerin in Zürich. Zuletzt erschienen sind im Benziger-Verlag die beiden Krimis «Schwarzer Samt», 1994, und «Schauplatz Hôtel des Dunes», 1996.

Edward Wellen hat seit 1952 rund 300 Kriminal- und Science-fiction-Geschichten veröffentlicht. Sein Roman «Hijack» erschien 1971, «An Hour to Kill» 1993. Die Novelle «Mind Slash Matter» ist zur Zeit im Gespräch als Grundlage für einen Film mit Robin Williams.

Peter Zeindler, 62, lebt als freier Schriftsteller in Zürich. Er ist unter anderem Verfasser von sieben Spionageromanen, von denen vier mit dem Deutschen Krimipreis ausgezeichnet wurden. Die Romane «Feuerprobe», «Das Sargbukett», «Der Schläfer» sowie ein Band mit Kriminalerzählungen, «Mord im Zug», sind Zeindlers letzte Publikationen.

Gisa Margarete Zigan, 59 und wohnhaft in Dortmund, hat nach philologischem Studium, Lehrtätigkeit und Familienphase erst spät mit dem Schreiben begonnen. Seit 1985 hat sie zwei Jugendbücher sowie zahlreiche Satiren und Erzählungen verfaßt. «Möwenfutter», eine Sammlung von Kriminalgeschichten, ist 1993 im dtv erschienen. 1990 hat Zigan den Literaturförderpreis des Ruhrgebiets erhalten, 1992 den Bettina-von-Arnim-Preis.